Scholem-Alejchem (eig. Schalom Rabinowitsch), geboren am 2. März 1859 in Perejaslav/Ukraine, ist am 13. Mai 1916 in New York gestorben.

Man hat Scholem-Alejchem mit einer gewissen Berechtigung den »jüdischen Mark Twain« genannt. Auf dem Grund einer heiter-wehmütigen Selbstironie zeichnet Alejchem mit vielen liebevollen Strichen die verschmitzten, kauzigen Züge seines quicklebendigen Menachem Mendel. Dabei vermittelt er – unterstützt durch zahlreiche, geschickt eingestreute Sprichwörter – dem Leser in humorvoller Weise einen guten Einblick in die ostjüdische Mentalität. Die ausgezeichnete Übersetzung läßt die Eigenart der jiddischen Sprache plastisch hervortreten.

»War Tewje der Milchmann der ans Kreuz dieser Welt geschlagene Jude, der von keinem Nackenschlag der Verzweiflung gestürzt, sondern nur wieder an die Arbeit zurückgeführt werden konnte, so ist Menachem Mendel der stets bienenemsige, betriebsame, in den Cafés phantastischen Geschäften nachjagende Aktienhändler, der von den Geschäften nichts, von der Hoffnung aber alles versteht. Diese beiden verhalten sich zueinander wie Halbbrüder, von denen Mendel der Tunichtgut und Tewje der brave Hans ist.«

Christ und Welt

insel taschenbuch 1298

Scholem-Alejchem

Menachem Mendel,

der Spekulant

Scholem-Alejchem
Menachem Mendel der Spekulant

Aus dem Jiddischen übertragen
von Siegfried Schmitz

Insel Verlag

insel taschenbuch 1298
Erste Auflage 1991

Hinweise zu dieser Ausgabe am Schluß des Bandes
Vertrieb durch den Suhrkamp Taschenbuch Verlag
Umschlag nach Entwürfen von Willy Fleckhaus
Satz: IBV Satz- und Datentechnik GmbH, Berlin
Druck: Nomos Verlagsgesellschaft, Baden-Baden
Printed in Germany

1 2 3 4 5 6 – 96 95 94 93 92 91

I. DIE BÖRSE IN ODESSA

ERSTER BRIEF

Menachem Mendel aus Odessa an seine Frau Scheine-Scheinde in Kasriliwke

Der teuren, edlen, tugendhaften und klugen Ehefrau Scheine-Scheindel meinen Gruß!

Zum ersten sei Dir kundgetan, daß ich – Dank Seinem lieben Namen! – gesund bin und mein Leben das des Friedens; der Herr, gelobt sei Er, möge helfen, daß eines vom anderen nur Gutes höre in guter Botschaft zu Trost und Heil – Amen.

Zum zweiten wisse: Ich bin nicht imstande, Dir die Stadt Odessa zu beschreiben, so groß und schön ist sie; auch nicht die Menschen hier, ihren vornehmen, edlen Charakter, schon gar nicht die goldenen Geschäfte, die man hier machen kann. Stell Dir nur vor: sowie ich mit meinem Stecken auf die Grecka gehe – das ist in Odessa die Gasse, wo die Juden Geschäfte machen –, da habe ich schon zwanzigtausend Geschäfte: will ich Weizen, – zu haben; Kleie, – zu haben; Wolle, – zu haben; Mehl, Salz, Federn, Rosinen, Säcke, Heringe, – alles, was der Mund so ausspricht, ist zu haben in diesem Odessa. Ich habe auch von allem Anfang zu zwei, drei guten Geschäftchen gerochen; doch sie haben mir alle nicht recht gepaßt und das Herz war nicht dabei. So habe ich mich so lange in der Grecka herumgetrieben, bis ich das Richtige gefunden habe; ich handle nämlich mit ›London‹ und verdiene dabei gar nicht schlecht. Dabei ist einmal ein Fünfundzwanziger zu verdienen, einmal ein Fünfziger, und wenn es gut geht, auch ein Hunderter: Kurz, dieses

›London‹ ist eine Ware, bei der man sein Glück machen kann in einem Tag. Da ist Dir vor kurzem einer hergekommen, ein ganz gewöhnlicher Schameß, und hat – es hat nicht so lang gedauert wie ein ›Sch'ma Jisroel‹ – seine Dreißigtausend verdient; jetzt pfeift er natürlich auf alles. Ich sage Dir, mein teures Weib, das Gold liegt hier nur so auf der Straße! Ich habe es, Gott sei Dank, nicht zu bereuen, daß ich hierher nach Odessa gefahren bin. Du fragst natürlich, wie ich nach Odessa komme, wenn ich nach Kischinew gefahren bin? Offenbar ist es mir von Gott beschieden, ein paar fette Tausender zu verdienen! Nun sollst Du hören, wie Seine Hand die Menschen führt:

Wie ich nach Kischinew zum Vetter Menasche gekommen bin – die Mitgift beheben, da fragt er mich zuallererst, wozu ich die Mitgift brauche. Ich sage: Wahrscheinlich brauche ich sie; wenn ich sie nicht brauchte, wäre ich nicht gekommen. Er sagt, daß er jetzt kein Bargeld hat. Er kann mir, sagt er, eine Anweisung auf Brodzki in Jehupez geben. Gut, sage ich, meinetwegen Jehupez, nur das Geld! Er sagt: er weiß nicht ganz sicher, ob das Geld jetzt in Jehupez ist. Er kann mir, sagt er, eine Anweisung auf Bachrach in Warschau geben. Gut, sage ich, meinetwegen Warschau, nur das Geld! Sagt er: Wozu sollst du nach Warschau? Warschau ist weit. Wenn ich will, sagt er, kann er mir eine Anweisung auf Barschak in Odessa geben. Gut, sage ich, meinetwegen Odessa, nur das Geld! Sagt er mir noch einmal: Wozu brauchst du das Geld? Sage ich: Wahrscheinlich brauche ich es; wenn ich es nicht brauchte, wäre ich nicht gekommen. Kurz und gut, er hat sich gedreht und gewendet, doch das hat ihm soviel geholfen wie einem Toten Blutegel; wenn ich sage: Geld, dann heißt das: Geld! Also nimmt er zwei Wechsel zu fünfhundert Rubel, alles in allem auf fünf Monate Sicht, auf dreihundert Rubel gibt er mir eine Anweisung für Barschak in Odessa und das übrige gibt er mir in barem; es wird mir, sagt er, für die Reise zugute kommen. Da ich jedoch jetzt keine Zeit habe, fasse ich mich kurz. So Gott will, werde ich Dir im nächsten Briefe ausführlich alles berichten. Bleib gesund und grüß Schwiegervater und Schwiegermutter und die Kinder, sie sollen leben, jedes extra sehr herzlich

von Deinem Gemahl Menachem Mendel

Richtig: das Wichtigste! Wie ich mit der Anweisung zu Barschak gekommen bin, sagen sie mir dort, daß die Anweisung gar keine Anweisung ist. Die kann ich mir hinter den Spiegel stecken! Erst muß, sagen sie, der Waggon Weizen vom Vetter Menasche ankommen, dann muß der Weizen erst verkauft werden und dann, sagen sie, bekomme ich das Geld. Einfach und kurz! Ich habe sofort nach Kischinew ›expreß‹ geschrieben und habe dem Vetter geschrieben, wenn er nicht augenblicklich den Weizen schickt, dann werde ich ihm telegraphieren. Kurz und gut, er schreibt her, ich hin, ich war in großen Sorgen und erst gestern ist aus Kischinew ein barer Hunderter und ein Wechsel auf dreihundert Rubel gekommen. Verstehst Du jetzt, warum ich Dir die ganze Zeit nicht geschrieben habe? Ich war überzeugt: die dreihundert Rubel sind beim Teufel. Da sieht man, daß der Mensch nicht gleich an das Schlimmste denken soll. Es gibt einen Gott, der lenkt. Ich habe das ganze bißchen Bargeld in ›London‹ hineingesteckt und eine ganze Menge von ›Hausse‹ und ›Baisse‹ eingekauft und, Dank Gott, gelobt sei Er, der Gewinn ist, wie sie mir hier sagen, schon da. Der Obige

ZWEITER BRIEF

Scheine-Scheindel aus Kasriliwke an ihren Gatten Menachem Mendel in Odessa

Dem hochgeehrten, edlen und mächtigen Herrn, dem weisen Kenner der Thora, dem hochgelehrten Reb Menachem Mendel ehrfürchtigen Gruß!

Erstens vermelde ich Dir, daß wir alle, Gott sei Dank, beim besten Wohlsein sind; gebe Gott uns, das gleiche von Dir zu hören fürderhin und nichts Schlimmeres.

Zweitens teile ich Dir mit, daß sich bei mir wieder die alten Krämpfe melden; Deinen Vetter Menasche mögen sie befallen, der Dir mit den fünfzehnhundert Fetzen Mitgift solche Sachen aufgeführt hat. Glück soll er dafür haben Jahr um Jahr! Wie sagt doch meine Mutter, leben soll sie: ›Die Katze als Bote für Purimgeschenke!‹ Ich täte Wechsel bei ihm nehmen! Einen Schmarrn täte ich bei ihm nehmen! Und auf fünf Monate! Fieber soll er solange haben! Höre – Gott gebe, daß ich eine Lüge sage: ich fürchte, Du wirst den Rest des Geldes so sehen, wie Du Deine Ohren siehst, die Du bis dorthin nach Odessa geschleppt hast. Dein Glück, daß die Mutter nichts von den Wechseln weiß; sonst gäbe es finstere Zeiten! Daß du, lieber Mendel, wie Du schreibst, Gott sei Dank, gut verdienst, kommt uns allen sehr gelegen. Nur zu allen Teufeln meine Feinde, wenn Du schon schreibst, schreib, wie ein Mensch schreibt! Warum schreibst Du nicht genau, was das für eine Ware ist, mit der Du handelst? Wieviel kostet die Elle davon? Oder wird das nach Gewicht verkauft? Auf Ehre und Gewissen, ich weiß nicht, was das ist und womit man das ißt! Und dann – ich verstehe nicht –, Du sagst, daß Du soeben eingekauft hast – und schon hast Du Gewinn daran? Was ist das für eine Ware, aus der so mir nichts, dir nichts, Gewinn wächst? ›Pilze‹, sagt die Mutter, ›brauchen auch Regen!‹ Und wenn Gewinn da ist, warum verkaufst Du nicht? Worauf wartest Du? Auf eine Hungersnot? Und warum schreibst Du mir nicht, wo Du wohnst, und wie Du issest, als wäre ich eine Fremde? Bin ich denn nicht Deine Frau, bis hundertzwanzig Jahre, sondern etwa so eine Geliebte – Gott bewahre!? Wie sagt Mutter, sie soll leben: ›Wenn eine Kuh auf die Weide geht, vergißt sie den Stall!‹ Wenn Du mir folgtest, würdest Du sofort Deine Geschäfte abwickeln und lieber mit dem bißchen Bargeld nach Hause kommen. Du wirst hier schönere Geschäfte finden als das dort mit dem – von Schlechtem möge ich so wissen, wie ich weiß, wie das heißt!

Sei gesund, wie Dir von ganzem Herzen wünscht

Deine wahrhaft treue Frau Scheine-Scheindel

DRITTER BRIEF

Menachem Mendel aus Odessa
an seine Frau Scheine-Scheindel
in Kasriliwke

Der teuren, edlen, tugendhaften und klugen Ehefrau Scheine-Scheindel meinen Gruß!

Zum ersten sei Dir kundgetan, daß ich – Dank Seinem lieben Namen! – gesund bin und mein Leben das des Friedens; der Herr, gelobt sei Er, möge helfen, daß eines vom anderen nur Gutes höre in guter Botschaft zu Trost und Heil – Amen.

Zum zweiten wisse: Ich wundere mich nicht, daß Du den Sinn von ›London‹ nicht verstehst; denn wo jüdische Männer, gewiegte Kaufleute, Männer mit langen Bärten nicht wissen, in was für ein Bett sie sich hineingelegt haben, wie soll das eine Frau wissen! Darum will ich Dir alles erklären, damit Du dieses Geschäft genau verstehst. Siehe denn und wisse: ›London‹ selbst ist ein zartes Gebilde. Man verkauft es aufs Wort: aber man sieht es nicht. Alle Minuten ändert es sich: bald ist es teuer, bald ist es billig, bald in ›Hausse‹, bald in ›Baisse‹, das heißt, der Rubel dort in Berlin steigt oder er fällt; er dreht sich so in Berlin. Wie Berlin sagt, so ist es. Die Kurse laufen auf und nieder, wie verrückt; Depeschen fliegen hin und zurück und Juden schießen herum, wie auf einem Jahrmarkt, machen Geschäfte und machen ihr Glück; und für mich fällt auch was ab. Es ist ein Lärm, eine Verwirrung, rein zum Verrücktwerden. So zum Beispiel habe ich gestern einen ›Schluß‹ gemacht; einen Fünfziger habe ich hineingesteckt. Und heute Punkt zwölf Uhr mittags war er beim Teufel. Doch Du weißt natürlich nicht, was das heißt, ›einen Schluß machen‹; also will ich Dir das erklären. Zum Beispiel ich gebe einen Fünfziger weg für einen Tag und der andere ›stellt den Kurs‹; da kannst Du den Schluß zweiseitig machen, das heißt, einmal ›Baisse‹ und einmal ›Hausse‹; oder Du kannst stehenbleiben und dem andern ›blind‹ verkaufen bis nach ›Börsenschluß‹ (Börsenschluß heißt bei uns in Odessa Nachmittag, so wie bei Euch die Zeit zwischen Mincha- und Abendgebet). Wenn nun der Kurs ›fällt‹, so ist der ganze Fünfziger beim Teufel – das heißt, einen ›Schluß‹ machen. Kränke Dich aber nicht, meine teure Ehefrau: einen Fünfziger hinschmeißen, das ist hier gar nichts. Gott, gelobt sei Er, wird helfen und ich werde auf die richtige Seite fallen; da werde ich, so Gott will, einen Haufen Geld verdienen! Und was Du schreibst von den Wechseln des Vetters Menasche, darin irrst Du Dich gewaltig. Er steht noch fest auf beiden Füßen und gilt hier in Odessa als ganz gut. Wenn ich ein bißchen auf ›Diskont‹ nachlassen will, so kann ich sie ›versilbern‹. Doch ich will nicht. Brauche ich Geld, so habe ich genug: ich brauche nur ein paar ›Haussechen‹ oder ein paar ›Baissechen‹ zu verkaufen. Doch das zieht mich gar nicht. Ich komme besser heraus, wenn ich noch einen ›Schluß‹ einhandle. Je mehr ›Schlüsse‹, desto besser. Wenn man sich mit so einem ›Schluß‹ schlafen legt, schläft man ganz anders! Da ich jedoch keine Zeit habe, fasse ich mich kurz. So Gott will, werde ich Dir im nächsten Brief alles ausführlich berichten. Jetzt gebe Gott Gesundheit und Glück von Deinem Gemahl

Menachem Mendel

Richtig: das Wichtigste! Was Du fragst über mein Wohnen und Essen, darauf antworte ich Dir, meine teure Ehefrau: Ich weiß selbst nicht recht, wie mir ist. Dieses Odessa ist ungeheuer groß und alles ist hier entsetzlich teuer; und die Häuser sind so hoch, daß sie fast bis zum Himmel reichen; man muß auf eisernen Treppen eine halbe Stunde hinaufklettern, bis man in seiner Wohnung, beinahe im Himmel, ankommt. Da gibt es ein kleines Fensterchen wie in einem Gefängnis. Ich bin froh, wenn es Tag wird und ich aus dem Gefängnis herauskomme in die ›Grecka‹. Dort esse ich im Gehen; das heißt, man ißt eben, was man gerade kriegt. Denn wer hat Zeit, sich zum Essen zu setzen, wenn man alle Minuten die Kurse aus Berlin nachschauen muß? Dafür ist Obst hier sehr billig. Weintrauben essen wir hier nicht, wie zu Hause, am Roschhaschonoh, um den Erstlingssegen darüber zu sprechen, – hier essen wir Weintrauben alle Tage, mitten auf der Straße, und keiner schämt sich.

Der Obige

VIERTER BRIEF

Scheine-Scheindel aus Kasriliwke an ihren Gatten Menachem Mendel in Odessa

Dem hochgeehrten, edlen und mächtigen Herrn, dem weisen Kenner der Thora, dem hochgelehrten Reb Menachem Mendel ehrfürchtigen Gruß!

Erstens vermelde ich Dir, daß wir alle, Gott sei Dank, beim besten Wohlsein sind; gebe Gott uns, das gleiche von Dir zu hören fürderhin und nichts Schlimmeres.

Zweitens teile ich Dir mit, daß ich Dich für verrückt halte! So möge ich Dinge, die man besser eine ganze Woche nicht in den Mund nimmt, von der Stadt Odessa wissen, wie ich weiß, was all das heißt, was Du mir in Deinem Brief vorplapperst von ›Hos‹ und ›Baß‹ und ›Schloß‹ und weiß der Teufel, was Ihr dort noch ausgedacht habt! Bei Dir fliegen dort die Fünfziger wie Spreu; ich glaube, bei Dir heißt es dort: Gold – rollt, und steht der Sack offen, kriegen die Zwiebel Beine! Freilich, bei solchem Verdienst kann man im Gold schwimmen! Ich verstehe eines nicht, und wenn Du mir den Kopf abreißest: Was ist das für eine Ware, die man nicht sieht? Die Katze im Sack!?... Hör, Mendel; mir gefällt die Sache nicht; ich bin in meines Vaters Haus an solche Luftgeschäfte nicht gewöhnt worden und Gott möge mich weiter davor bewahren! Wie sagt doch die Mutter, sie soll leben: ›Von der Luft kriegt man eine Erkältung.‹ Du schreibst: ›Wenn man sich mit so einem Schloß schlafen legt, schläft man viel besser...‹ Welcher vernünftige Mensch legt sich mit einem Schloß schlafen? Sonderbare Reden das; redest Du Türkisch? Und was Du da schreibst, daß Du Vetter Menasches Wechsel versilbern kannst, so meine ich: wenn ich daran nicht glaube, bin ich sicher noch keine Abtrünnige. Wie sagt doch die Mutter, sie soll leben: ›Glaube nichts, eh Du es nicht abgezählt hast!‹ Weißt Du was, Mendel? Folge mir, Deiner Frau; pfeif auf das Odessa und komm lieber nach Hause, nach Kasriliwke. Fünfzehnhundert Rubel hast Du, Wohnung gibt uns der Vater, er soll leben, Läden gibt es genug zu mieten, was brauchst Du noch mehr? Wozu soll ich in den Mäulern aller Leute sein und meine Feinde sollen tuscheln, daß Du auf und davon bist nach Odessa und mich hast sitzenlassen, nicht erleben sollst Du das! Indes möge Dein Odessa vergehen vor unserem Kasriliwke, samt all Deinen hohen Mauern mit den eisernen Treppen, auf die man hinaufkriechen muß, wie närrisch, damit man sich davon zu guter Letzt den Magen ausdreht. Was gibt es dort eigentlich Besonderes? Weintrauben sind dort billig! Muß man Weintrauben fressen? Pflaumen sind vielleicht bitter? Bei uns sind heuer die Pflaumen gut geraten, der Eimer um einen Gulden! Doch Dich kümmert den Teufel, was bei uns zu Hause los ist. Du fragst nicht einmal, was die Kinder machen, hast am Ende schon vergessen, daß Du der Vater von drei kleinen Kindern bist, sie sollen nur gesund sein! Wie sagt doch die Mutter, sie soll leben: ›Aus den Augen, aus dem Sinn.‹ Und so sicher sollst Du Pocken kriegen, wie sie recht hat! Inzwischen bleib gesund und glücklich, wie Dir von ganzem Herzen wünscht

Deine wahrhaft treue Frau Scheine-Scheindel

FÜNFTER BRIEF

Menachem Mendel aus Odessa
an seine Frau Scheine-Scheindel
in Kasriliwke

Der teuren, edlen, tugendhaften und klugen Ehefrau Scheine-Scheindel meinen Gruß!

Zum ersten sei Dir kundgetan, daß ich – Dank Seinem lieben Namen! – gesund bin und mein Leben das des Friedens; der Herr, gelobt sei Er, möge helfen, daß eines vom anderen nur Gutes höre in guter Botschaft zu Trost und Heil – Amen.

Zum zweiten wisse: Es herrscht jetzt furchtbare ›Baisse‹; ich habe mich mit ›London‹ angefüllt wie ein hohles Faß und habe mir siebzehn Baissekäufe und acht Schlüsse gesichert. Heute muß ich an ›Differenzen‹ etliche Hundert Rubel übernehmen und damit will ich, so Gott will, weiter ›Baisse‹ kaufen. Wenn Du sehen würdest, teure Gattin, wie hier die Geschäfte aufs Wort gemacht werden, da würdest Du begreifen, was Odessa heißt; ein Kopfnicken bedeutet hier dasselbe wie ein ganzer Kontrakt. Ich gehe so in die ›Grecka‹, trete in ein Café ein, setze mich zu einem Tischchen und bestelle ein Glas Tee oder Kaffee oder sonst etwas; sofort kommt ein Makler und noch einer und noch ein dritter; da braucht man keinen Kontrakt, keine Schuldscheine, ja, es ist nicht einmal nötig, eine Feder einzutauchen! Jeder Makler hat ein kleines Bündel mit einem Bleistift bei sich, zieht es heraus und trägt ein, daß ich bei ihm zwei Stück ›Baisse‹ habe; und ich nehme meine Brieftasche heraus und zahle ihm die paar Rubel – ein Vergnügen! Und ein paar Stunden später, wenn die ›Notierung‹ aus Berlin ankommt, läuft derselbe Makler her und gibt Dir einen Fünfundzwanziger drauf; noch später, wenn auch der ›Börsenbeginn‹ bekannt wird, drückt er Dir einen Fünfziger in die Hand; und bei ›Börsenschluß‹, wenn Gott will, wächst Dir ein ganzer Hunderter zu, einmal können auch zwei Hunderter erscheinen und manchmal auch drei. Warum nicht? Dafür ist das doch eine Börse! Eine Börse ist ein Spiel, ein Glücksrad!

Was Du übrigens davon schreibst, daß Du nicht an die

Wechsel des Vetters Menasche glaubst, so kann ich Dir die Nachricht geben, daß ich sie bereits ›versilbert‹ habe. Zum Beweis: woher hätte ich sonst Geld gehabt für so viel ›Baisse‹ und für so viel ›Schlüsse‹? ›Schlüsse‹ sind nicht dasselbe, was Du ›Schlösser‹ nennst. Ein Schloß dient zum Zusperren der Geldkatze und ein Schluß ist ein Blatt Papier, auf das jemand aufschreibt und mit seiner Unterschrift bekräftigt, daß er sich verpflichtet, am ›Ultimo‹, das heißt am Ende des Monats, Dir so und so viel Pfund zu dem und dem Kurs zu geben oder von Dir zu nehmen. Die Wahl aber hast Du und tust, was Du willst: willst Du geben, gibst Du, willst du nehmen, nimmst Du. Verstehst Du jetzt schon, was ein ›Schluß‹ ist? Wenn Gott zu den richtigen ›Schwankungen‹ von ›London‹ verhilft und zum Beispiel in den Zeitungen etwas vom Krieg geredet wird, fällt der russische Rubel bis tief in die Erde und das ›London‹ tut auf einmal einen Sprung, daß man kaum sehen kann, wo es steht. Gerade in dieser Woche hat man von der englischen Königin herumgeredet, daß sie nicht ganz gesund sein soll, da ist sofort der russische Rubel gefallen und die ›Schlüsse‹ haben sich haushoch gehoben! Jetzt schreiben die Zeitungen, daß es ihr besser geht, da hat sich der Rubel gehoben und Du kannst ›Schlüsse‹ kaufen, soviel Du willst.

Du brauchst keine Sorge haben, teure Gattin: so Gott will, wird alles, wie man bei uns in Odessa sagt, ›in bester Ordnung‹ ablaufen. Da ich jedoch keine Zeit habe, fasse ich mich kurz. So Gott will, werde ich Dir im nächsten Brief alles ausführlich berichten. Jetzt gebe Gott Gesundheit und Glück und grüß die Kinder und alle gar freundlich von Deinem Gemahl Menachem Mendel

Richtig: das Wichtigste! Bei uns in Odessa ist die Hitze so groß, daß man verbrennen kann; und bei Nacht zerfließt man wie Wachs. Deshalb wird die Stadt leer, wenn es Abend wird. Die Leute verschwinden in den Parks. Im kleinen Park oder im großen Park. Oder sie kutschieren in der Droschke gar ins ›Langeron‹. Dort kriegst Du, was Dein Herz begehrt, kannst im Meer baden und Musik hören, ganz umsonst; es kostet Dich keinen Groschen!

Der Obige

SECHSTER BRIEF

Scheine-Scheindel aus Kasriliwke an ihren Gatten Menachem Mendel in Odessa

Dem hochgeehrten, edlen und mächtigen Herrn, dem weisen Kenner der Thora, dem hochgelehrten Reb Menachem Mendel ehrfürchtigen Gruß!

Erstens vermelde ich Dir, daß wir alle, Gott sei Dank, beim besten Wohlsein sind; gebe Gott uns, das gleiche von Dir zu hören fürderhin und nichts Schlimmeres.

Zweitens teile ich Dir mit, daß ich schon wieder mit den Zähnen zu tun habe; alle Deine ›Droschkenkutscher‹ mögen dieses Vergnügen haben! Ich habe hier Qualen von meinen Zähnen und Plage mit meinen Kindern und er – führt ein Leben wie der Herrgott in Odessa, reitet mit ›Droschkenkutschen‹ aus, badet in der weiten Welt, und Musikanten spielen ihm dazu auf. Was fehlt dem Mann? Wie sagt die Mutter, sie soll leben: ›Bei mir täte er auf einem Besen reiten, nicht in einer Droschkenkutsche!‹ Meiner Treu, Du bist doch ein Händler und handelst mit der feinen Ware dort, die man ›London‹ nennt; da kümmere Dich um dein Geschäft, nicht um die englische Königin! Laß Dir lieber Deine Frau durch den Kopf gehen; Du hast doch eine Frau bis hundertzwanzig Jahre, und drei Kinder, sie sollen leben! Wie sagt doch die Mutter, sie soll leben: ›Denk an Dich, dann vergißt Du die anderen!‹ Und was Du mir von Deinen Glücksgeschäften schreibst, darauf sage ich Dir: Wahrhaftig, mir dreht sich der Kopf! Ich glaube nicht daran, und wenn Du mich erschlägst, daß die Hunderter so mir nichts, dir nichts in die Taschen hineinfliegen. Ist dort Zauberei im Spiel und Blendwerk, oder was ist das? Sieh nur zu, daß Du bei all den großen Geschäften die Mitgift nicht anrührst; denn fehlt davon nur ein Groschen – mehr fehlt Dir nicht bei der Mutter, sie soll leben!... Und an gar nichts denkt der Mann; ich glaube, Du weißt ganz genau, daß ich einen Seidenmantel brauche wie einen Bissen Brot und Stoff für ein Kleid und so zwei, drei Stück Leinen. Die kleinste Kleinigkeit muß man dem Mann erst auftragen, selber kommt der Arme nicht darauf; sein Hirn ist leider vertrocknet. Wie sagt doch die Mutter, sie soll leben: ›Das Pferd, das nicht von selber zieht, dem gib einen gehörigen Tritt!‹ Das wünscht Dir von ganzem Herzen

Deine wahrhaft treue Frau Scheine-Scheindel

SIEBENTER BRIEF

Menachem Mendel aus Odessa an seine Frau Scheine-Scheindel in Kasriliwke

Der teuren, edlen, tugendhaften und klugen Ehefrau Scheine-Scheindel meinen Gruß!

Zum ersten sei Dir kundgetan, daß ich – Dank Seinem lieben Namen! – gesund bin und mein Leben das des Friedens; der Herr, gelobt sei Er, möge helfen, daß eines vom anderen nur Gutes höre in guter Botschaft zu Trost und Heil – Amen.

Zum zweiten wisse: Ich komme gut vorwärts; denn ich habe mich fest auf ›Baisse‹ geworfen und gehe schon auf ›ganz London‹, das heißt, ich gebe oder ich nehme auf einmal zehntausend Pfund, zwanzigtausend Pfund; natürlich gegen ›Depot‹. Ich bin in den Börsenkontors schon eine bekannte Persönlichkeit und es ist für mich standesgemäß, bei Fanconi im Café zu sitzen, wie alle großen ›Spiegulanten‹, an weißen Tischchen aus Marmor; dort lasse ich mir eine Portion Gefrornes geben. Denn bei uns in Odessa ist es so Sitte: sowie Du Dich niedersetzt, kommt ein Mensch in einem Frack und befiehlt, daß Du ihm befiehlst, Dir ein Gefrornes zu bringen. Widersprechen kannst Du doch nicht und mußt ihm befehlen, es zu bringen. Und wenn Du die Portion Gefrornes aufgegessen hast, so befiehlt er Dir, daß Du ihm befiehlst, noch ein Gefrornes zu bringen. Willst Du nicht, so darfst Du dort nicht weiter sitzen. Dann mußt Du auf der Straße herumspazieren. Das paßt doch nicht recht für einen Spiegulanten. Und außerdem steht dort ein Polizist und lauert auf die Leute, welche herumspazieren... Juden aber haben es nötig, auf der Straße herumzuspazieren; so überlisten sie ihn auf alle mögliche Art, laufen fort und verstecken sich, wo es nur geht. Erwischt er aber schon einen, dann faßt er ihn wie einen Brillanten mit zwei Fingerspitzen, als wollte er sagen: ›Ein herrliches Stück – ein Jude!...‹ Und was Du schreibst, daß Du nicht glaubst an die großen ›Schwankungen‹ und ›Differenzen‹, so sage ich Dir: Das beweist nur, daß Du von der Politik nichts verstehst. So zum Beispiel sitzt da einer bei uns im Café bei Fanconi. Man nennt ihn ›Gambetta‹. Tag und Nacht redet der von Politik, nur von Politik! Er beweist mit tausend Gründen, daß Krieg in der Luft liegt. Er hört, sagt er, jede Nacht Kanonenschüsse; nicht hier, sondern dort, bei den Franzosen. Die Franzosen, sagt er, können Bismarck nicht vergessen, solange sie leben. Es muß, sagt er, es muß bald Krieg geben, es geht nicht anders! Wenn man den Gambetta so reden hört, dann muß man verkaufen, was man besitzt, sogar den Rock auf dem Leib und für das Geld ›Schlüsse‹ kaufen und ›Baisse‹, nur ›Baisse‹! Und was Du schreibst von dem Mantel, den ich Dir kaufen soll, so antworte ich Dir: Ich habe für Dich ein besseres Geschenk ausgewählt, teure Gattin, nämlich ich habe eine goldene Uhr mit einem ›Mendeljon‹ an einer goldenen Kette und eine Brosche und ein ›Bronzelet‹ gesehen in einem Schaufenster nicht weit von Fanconi, – ich sage Dir: prima primissima! Da ich jedoch keine Zeit habe, fasse ich mich kurz. So Gott will, werde ich Dir im nächsten Brief alles ausführlich berichten. Jetzt gebe Gott Gesundheit und Glück von

Deinem Gemahl Menachem Mendel

Richtig: das Wichtigste! Der Reichtum ist hier unberufen so groß und die Juden haben den Kopf so voll von Geschäften, daß man an Sabbat und Feiertage gar nicht denkt. Natürlich bei mir – da ist der Sabbat Sabbat. Und wenn es Steine regnete, – ich muß am Sabbat in die Schul gehen. Die Schul in Odessa ist eine Sehenswürdigkeit. Erstens heißt sie ›Synagoge‹, weil sie aussieht wie eine Tellermütze; und Ostwand gibt es keine. Alle sitzen mit dem Gesicht nach einer Seite hin. Und der Chasen (er heißt Pini), das ist ein Chasen! Er läuft glattrasiert herum, aber vorbeten kann er ein wenig besser als unser alter Krüppel Mojsche Dowid! Beim ›Borchi nafschi‹, da ist er in seinem Element. Und für sein ›Mismor schir lejom haschaboß‹ müßte er Eintrittsgeld einheben! Alle Chorsänger stehen um ihn herum, in kleinen Talesim – ein Vergnügen! Wäre zweimal in der Woche Sabbat, ich würde zweimal hingehen, um Pini vorbeten zu hören. Ich begreife die hiesigen Juden nicht, warum sie eigentlich nicht beten gehen. Und die, welche doch gehen, die beten auch nicht. Sie sitzen da wie Haubenstöcke in ihren Zylindern über den fetten, ausgefressenen Gesichtern, in kleinen Talesim und – man hört kein Wort! Wenn wirklich ein Jude ein bißchen lauter aus dem Herzen heraus beten will, da kommt der Schameß, mit Knöpfen am ganzen Leib, auf ihn zu und heißt ihn ruhig sein. – Sonderbare Juden hat das Odessa!

Der Obige

ACHTER BRIEF

Scheine-Scheindel aus Kasriliwke an ihren Gatten Menachem Mendel in Odessa

Dem hochgeehrten, edlen und mächtigen Herrn, dem weisen Kenner der Thora, dem hochgelehrten Reb Menachem Mendel ehrfürchtigen Gruß!

Erstens vermelde ich Dir, daß wir alle, Gott sei Dank, beim besten Wohlsein sind; gebe Gott uns, das gleiche von Dir zu hören fürderhin und nichts Schlimmeres.

Zweitens teile ich Dir mit, mein geehrter Gemahl, daß ich nicht verstehe, was das für ein Vergnügen ist, bei der Frankoni, brennen möge sie, zu sitzen und von früh bis in die Nacht an marmornen Tischen zu fressen, weiß der Teufel, was. Nur, um Geld auszugeben? Und was ist das für ein Narr dort bei Euch in Odessa, dem es träumt, daß man schießt – erschossen möge er werden!? Er hat Lust, Krieg zu führen! Wie sagt doch die Mutter, sie soll leben: ›Des andern Blut gilt ihm wie Wasser.‹ Goldene Uhren und Bronzeletts hast Du in Odessa in den Schaufenstern gesehen? Die Großmutter wird sich freuen! Was habe ich, Mendel, von Deinen Geschenken, die Du durchs Fenster siehst? Wie sagt doch die Mutter, sie soll leben: ›Krapfen im Traum sind keine Krapfen, sondern ein Traum!‹ Geh lieber in einen Laden hinein und kauf mir ein Stück Webe für Wäsche und Inlett für Polster und ein Paar Bettdecken und etwas Silberzeug für die Stube und sonst noch einiges. Daran denkst Du nicht, wie Blime-Zlate sich jetzt vor mir aufbläst (aufblasen soll man sie, bis sie platzt!). Was ist geschehen? Sie trägt eine Perlenschnur um den Hals (erdrosseln sollte man sie damit!). Ihr Mann hat sie ihr gekauft! Es gibt eben Leute, die in allem Glück haben; nur ich bin in einer so schlimmen Stunde geboren worden und muß den Mann um alles erst bitten! Denk Dir, Du hättest um ein Stück mehr gekauft von der ›Hos‹ und ›Baß‹ samt noch dem Zeug, der Teufel weiß, wie Du es nennst! Ich sage dem Mann: Verkauf das, was Du hast, und halt Dir das Geld! Nein – er kauft noch mehr ein! Fürchtest Du Dich, daß die feine Ware später nicht mehr zu haben sein wird? Ich weiß schon, was das für Geschäfte sind und was für eine Stadt das Odessa, wenn der Sabbat nicht Sabbat ist und die Feiertage keine Feiertage und der Chasen läuft mit glattrasiertem Gefrieß herum, all mein Kummer möge auf seinen Kopf fallen! Ich denke: so eine Stadt und solche Menschen muß man fliehen wie die Pest; und er – sitzt dort fest und will gar nicht los! Wie sagt doch die Mutter, sie soll leben: ›Der Wurm sitzt im Mehl und glaubt, es gebe nichts Süßeres!‹ Darum schreibe ich Dir, mein geehrter Gemahl: Überlege Dir gut, was Du tust und höre endlich auf, ein Lotterleben zu führen in dem süßen Odessa, auf das ein Brand vom Himmel fallen möge, wie Dir wünscht Deine treue Frau Scheine-Scheindel

Noch etwas, Mendel, sag einmal: Wer ist die ›Frankoni‹, von der Du mir schreibst, daß Ihr dort Tag und Nacht sitzet? Ist das ein ›Er‹ oder eine ›Sie‹?

NEUNTER BRIEF

Menachem Mendel aus Odessa an seine Frau Scheine-Scheindel in Kasriliwke

Der teuren, edlen und tugendhaften Ehefrau Scheine-Scheindel meinen Gruß!

Zum ersten sei Dir kundgetan, daß ich – Dank Seinem lieben Namen! – gesund bin und mein Leben das des Friedens; der Herr, gelobt sei Er, möge helfen, daß eines vom anderen nur Gutes höre in guter Botschaft zu Trost und Heil – Amen.

Zum zweiten wisse: Es riecht schon nach fetten Tausendern. Wenn Gott hilft und der ›Ultimo‹ glatt abläuft, dann mache ich einen Haupttreffer. Dann kassiere ich alle meine ›Differenzen‹ ein, fahre nach Hause und hole Dich, so Gott will, her nach Odessa. Wir mieten eine Wohnung in der ›Richelieustraße‹, schaffen schöne Möbel an und werden leben, wie man eben bei uns in Odessa lebt. Inzwischen habe ich – Gott möge Dich davor bewahren – mit dem Magen zu tun: wahrscheinlich hat mir das Gefrorne geschadet... Wenn ich zu ›Fanconi‹ komme, esse ich auch kein Gefrornes mehr, sondern ich lasse mir ein Getränk geben, das man durch einen Strohhalm zieht; es schmeckt süß und bitterlich zugleich, so etwa wie Salz und Lakritzen. Man kann davon auch nicht mehr vertragen als zwei, höchstens drei Gläser. Die übrige Zeit muß man eben auf der Gasse herumspazieren und sich mit dem Polizisten abgeben; angenehm ist das nicht! Seit einiger Zeit schon beobachtet er mich, doch mit Wohlwollen. Gott ist mir auch bis jetzt beigestanden und ich entlaufe vor ihm und verstecke mich. Was muß nicht ein Jude dem Geschäft zuliebe tun? Gott möge nur helfen und die ›Realisierung‹ in Frieden ablaufen; da werde ich Dir, so Gott will, alles hundertfältig kaufen, viel mehr, als Du Dir vorstellen kannst. Was Du jedoch schreibst, daß Gambetta ein Narr ist, so sage ich Dir: Du bist im Irrtum; er ist nur ein bißchen ›verdreht‹. Gott bewahre den, der mit ihm in der Politik nicht dieselbe Meinung hat; er ist imstande, den in Stücke zu reißen! Er ist fest überzeugt, daß es heute oder morgen losgehen wird; und daß es jetzt, sagt er, mit einem Mal still geworden ist, das ist, sagt er, der rechte Beweis, daß es Krieg geben wird. »Vor einem Gewitter«, sagt er, »ist es immer still...« Gestern habe ich etliche Stücke ›Baisse‹ und zwei oder drei ›Schlüsse‹ verkaufen und ein schönes Stück Geld verdienen können; Gambetta hat es nicht erlaubt. »Ich schlage Ihnen den Kopf entzwei«, sagt er, »wenn Sie in dieser Zeit ein Stückchen Ware aus der Hand geben!« Es kommt eine Zeit, sagt er, da ein ›Schluß‹ von fünfzig Rubeln zweihundert Rubel wert sein wird und dreihundert und sechshundert und tausend und auch zweitausend; warum auch nicht?... Wenn es so kommt, wie Gambetta sagt, wenn es auch nur zur Hälfte eintrifft, werde ich ein reicher Mann! Ich glaube, daß ich nach der ›Realisierung‹, so Gott will, mich auf ›Hausse‹ verlegen und anfangen werde, Rubel zu kaufen und ›London‹ zu geben, daß die Welt aus den Fugen geht. Ich will ihnen zeigen, was ›London‹ ist und was Rubel sind! Da ich jedoch keine Zeit habe, fasse ich mich kurz. So Gott will, werde ich Dir im nächsten Brief alles ausführlich berichten. Jetzt gebe Gott Gesundheit und Glück von

Deinem Gemahl Menachem Mendel

Richtig: das Wichtigste! Was Du in Deinem Brief nach Fanconi (nicht, wie Du es nennst, ›Frankoni‹) fragst, darauf antworte ich Dir: Das ist kein ›Er‹ und keine ›Sie‹. Das ist ein Café, wo man Kaffee trinkt und Gefrornes ißt und mit ›London‹ handelt. Ich möchte das nur halb im Vermögen haben, was dort in einem Tag umgesetzt wird.

Der Obige

ZEHNTER BRIEF

Scheine-Scheindel aus Kasriliwke an ihren Gatten Menachem Mendel in Odessa

Dem hochgeehrten, edlen und mächtigen Herrn, dem weisen Kenner der Thora, dem hochgelehrten Reb Menachem Mendel ehrfürchtigen Gruß!

Erstens vermelde ich Dir, daß wir alle, Gott sei Dank, beim besten Wohlsein sind; gebe Gott uns, das gleiche von Dir zu hören fürderhin und nichts Schlimmeres.

Zweitens teile ich Dir mit, daß alle drei Kinder die Masern haben; ich schlafe keine Nacht und er – trinkt dort Rosinenwein mit Lakritzen! Sag mir: Was fehlt dem Manne? Er hat sein Vergnügen. Und da will er mich nach Odessa nehmen! Hör, Mendel! Den Plan schlag Dir aus dem Kopf; mich wirst Du, Mendel, nicht närrisch machen! Nur langsam. Großmutters Großmutter ist nie dort gewesen und hat dennoch in Frieden gelebt, ich werde es auch, ohne Odessa. Du wirst mich nicht überreden, Mendel, Vater und Mutter, alle Bekannten und Freunde zurückzulassen und mich in dem wüsten Odessa (brennen möge es!) anzusiedeln. Mendel, Du kannst sagen, was Du willst, Dein Odessa gefällt mir nicht. Ich hasse es, ich weiß nicht, warum. Und meine Vernunft sagt mir, Du mögest Deine Ware allmählich abstoßen und den Gewinn einstecken. Wie sagt doch die Mutter, sie soll leben: ›Von allen milchigen Gerichten ist das beste – ein Stückchen Fleisch.‹ Und wie, wenn Du Dich in Deinen Berechnungen geirrt hast? Solches Glück möge einen anderen treffen! Du schreibst, daß Dein verrückter Gambet – ich bleibe dabei, daß er verrückt ist – Dich nicht verkaufen läßt; ich begreife nicht: was geht ihn das an? Ist das für ihn Familiensache? Spuck ihm ins Gesicht, wenn er Dir vom Krieg erzählt! Mendel, gehorche mir: Hör auf; mach Ausverkauf, wenn Dir Gott lieb ist! Du hast ein paar Rubel verdient – genug! Wie lange gedenkst Du noch dort zu verlottern? Doch mein Reden ist vergebens. Habe ich denn – Gott sei's geklagt – Wert in Deinen Augen? Ich bin ja Scheine-Scheindel, nicht Blime-Zlate! Wenn Blime-Zlate ihrem Mann nur pfeift, da rennt er schon, als hätte er Leibschmerzen. Um Himmels willen, Mendel, liebster Mendel: Verkauf und mach Dich auf den Heimweg! Vergiß aber nicht: ein Dutzend gestickte Hemden für mich, Samt für ein Kleid für die Mutter; sie soll doch auch ein Andenken haben an die Zeit, da ihr Schwiegersohn in Odessa mit Narrenware Handel getrieben hat. Auch ein Stück Damast, mit Mustern, wie sie heute modern sind, kannst Du mitbringen; wenn es im Koffer noch Platz hat, auch einiges Glasgerät und was Dir sonst preiswert vorkommt.

Und komm nur zurück, daß die Leute aufhören, das Maul mit mir vollzunehmen und mich zu sticheln. Ich will doch sehen, ob Du mir nicht gehorchen wirst. So sicher sollen meine Feinde krepieren, wie Du mir folgen wirst, wie es Dir wünscht aus tiefstem Herzen

Deine wahrhaft treue Frau Scheine-Scheindel

ELFTER BRIEF

Menachem Mendel aus Odessa an seine Frau Scheine-Scheindel in Kasriliwke

Der teuren, edlen, tugendhaften und klugen Ehefrau Scheine-Scheindel meinen Gruß!

Zum ersten sei Dir kundgetan, daß ich – Dank seinem lieben Namen! – gesund bin und mein Leben das des Friedens; der Herr, gelobt sei Er, möge helfen, daß eines vom anderen nur Gutes höre in guter Botschaft zu Trost und Heil – Amen.

Zum zweiten wisse: Der ›Ultimo‹ ist gekommen und es war eine Panik, davor Gott behüten und bewahren möge! Aus der großen ›Schwankung‹, auf die ich gewartet habe wie auf den Messias, ist ein großes Nichts geworden. Bismarck, erzählen sie, hat sich erkältet und einen Katarrh gekriegt, so ist in der Politik eine Verwirrung entstanden und keiner weiß, was vorgeht. ›London‹ ist so teuer geworden wie Gold und der Rubel ist gefallen bis in den Abgrund der Hölle, und es wurde eine furchtbare ›Baisse‹! Du fragst natürlich, wo meine Stücke ›Baisse‹ und meine ›Schlüsse‹ sind. Die Erklärung ist die: Die Baissestücke sind keine Baissestücke, die Schlüsse sind keine Schlüsse; denn keiner will nehmen und keiner will geben; wenn's anders ist, will ich Fips heißen! Und wie zum Trotz habe ich mit meiner Ware bei lauter solchen Fröschen gesteckt, die bei einem Druck erstickt sind. Kurz und gut – es ist eine Pest und Verderbnis über die Welt gekommen, daß sie zur Ruine geworden ist. Oh, hätte ich doch einen Tag früher ›realisiert‹! Aber – bin ich ein Prophet? Alle laufen da herum wie vergiftete Mäuse; jeder einzelne tut, als wäre es nicht ganz richtig bei ihm; und alles schreit ›London‹! Wo ist mein ›London‹? Gib mir mein ›London‹! ›London‹! ›London‹! Doch wo ist ›London‹, was ist ›London‹? Und es regnet Schläge und Flüche und Ohrfeigen, und für mich fällt auch was ab... Und zu guter Letzt – gibt es gar kein ›London‹, nirgends. – Überhaupt, meine teure Gattin, es ist bitterböse und arg; ich habe den ganzen Gewinn hineingesteckt samt dem Kapital, dem Schmuck, welchen ich Dir gekauft habe, sogar den Sabbatrock habe ich versetzt – und alles ist hin... Meine Lage ist jetzt so traurig, es ist nicht zu schildern, und nach der Heimat ist mir so bang, daß es mir beinahe das Leben abdrückt! Ich verfluche mich hundertmal im Tag. Einen Fuß hätte ich lieber brechen sollen, ehe daß ich hierher nach Odessa gekommen bin, wo ein Mensch gar keinen Wert hat; sterben kann einer hier und keiner wird auch nur stehenbleiben, um sich nach ihm umzuschauen. Wie viele Makler haben um mich herumgetanzt und von mir gelebt – und heute kennen sie mich gar nicht! Früher, da haben sie mich den Bleichröder von Kasriliwke genannt und heute machen sie, dieselben Makler, sich über mich lustig; sie sagen, daß ich nichts vom Geschäft verstehe. »›London‹«, sagen sie, »muß man verstehen.« Wo waren sie vorher, die weisen Ratgeber? – Sie sprechen schon gar nicht mehr von mir, als wäre ich überhaupt schon nicht mehr auf der Welt. Oh, wäre ich doch gestorben, ehe ich das erleben mußte! Und wie zum Trotz sitzt da dieser Gambetta – ausgelöscht werde sein Name! – und hört nicht auf, einem die Ohren vollzuratschen mit seiner Politik. »Na,« sagt er, »habe ich Ihnen nicht ›Baisse‹ geraten?« – »Was habe ich von Ihrer ›Baisse‹,« sage ich, »wenn mir keiner ›London‹ gibt?« Und der, pfui!, lacht und sagt zu mir: »Wer ist daran schuld?« – »Die Börse«, sagt er, »muß man verstehen und wer nicht mit ›London‹ handeln kann, der soll«, sagt er, »mit Äpfeln handeln«... Ich sage Dir, teure Gattin, es ekelt mich vor diesem Odessa samt der hiesigen Börse, samt Fanconi und allen Leuten! Ich möchte am liebsten auf und davon in die weite Welt! Da ich jedoch keine Zeit habe, fasse ich mich kurz. So Gott will, werde ich Dir in den folgenden Briefen alles ausführlich berichten. Jetzt gebe Gott nur Gesundheit und Glück! Und grüß die Kinderchen und Schwiegervater und Schwiegermutter gar freundlich von

Deinem Gemahl Menachem Mendel

Richtig: das Wichtigste! Da in Odessa ist es Brauch, daß man, wenn man ein Darlehen braucht, nicht zu einem Nachbarn, einem Verwandten oder Bekannten geht, wie bei uns in Kasriliwke; nicht, weil man zu bequem ist hinzugehen; sondern man weiß im voraus, daß der das Darlehen nicht geben wird; es wird nicht gegeben und dabei bleibt es! Was tut man also, wenn man Geld braucht? Da haben sie einen ›Lombard‹ aufgestellt, der gibt Dir Geld, wieviel Du willst, wenn Du ihm nur ein ordentliches Pfand bringst: Gold – Gold; Silber – Silber; Messing – Messing; ein Kleidungsstück; ein Samowar; eine Bank; auch wenn Du ein Stück Vieh bringen würdest, Du bekommst dafür Geld geliehen. Der Haken ist nur, daß sie alles sehr niedrig einschätzen, es ist kaum auszudenken. Dafür haben sie eine gute Eigenschaft: Prozente nehmen sie ordentlich, daß man es spürt und die Zinsen fressen das Kapital auf. Und alle paar Wochen machen sie ›Lizitation‹, das heißt, die nicht eingelösten Pfänder werden ausverkauft; dabei kaufen Leute schöne Sachen halb umsonst ein und machen so ein hübsches Geld. Wäre ich jetzt bei Geld, so könnte ich jetzt so ein Geschäft mit einem ›Lombard‹ anfangen und meinen Unfall wiedergutmachen, sogar noch etwas einbringen... Doch versuch's – so wie ich jetzt dastehe! Ohne Geld soll man auf dieser Welt nicht geboren werden; und ist man doch schon geboren worden, dann lieber sterben... Ich kann nicht mehr schreiben. Schreibe mir von Deinem Befinden und was die Kinder machen, sie sollen leben; und grüß Schwiegervater und Schwiegermutter und alle sehr herzlich.

Der Obige

ZWÖLFTER BRIEF

Scheine-Scheindel aus Kasriliwke an ihren Gatten Menachem Mendel in Odessa

Dem hochgeehrten, edlen und mächtigen Herrn, dem weisen Kenner der Thora, dem hochgelehrten Reb Menachem Mendel ehrfürchtigen Gruß!

Erstens vermelde ich Dir, daß wir alle, Gott sei Dank, beim besten Wohlsein sind; gebe Gott uns, das gleiche von Dir zu hören fürderhin und nichts Schlimmeres.

Zweitens teile ich Dir mit: Siehst Du jetzt, Du närrischer Dummkopf, was Du angerichtet hast? Welcher böse Wind hat Dich eigentlich nach Odessa getragen? Was hast Du dort erreicht? Auf gebratene Tauben hat er Lust gehabt! ›London‹! Gefrornes! Rosinenwein mit Lakritzen! Wenn Du schon gesehen hast, daß man Dich mit dem ›London‹ beschwindelt, warum hast Du Esel nicht getrachtet, es rechtzeitig mit ein paar Prozent Verlust loszuwerden, wie es ein ordentlicher Kaufmann tut? Gibt es denn kein Schiedsgericht? Keinen Rabbi? Um Gottes willen, was soll das ›Ultima-Schmultima‹ bedeuten? Du hast Ware gekauft; wo ist die Ware?! Ein Unglück! Das Herz hat mir aber längst gesagt, daß aus dem Odessa – brennen möge es! – nichts Gutes kommen kann! Hundertmal schreib ich dem Mann: Mendel, fahr weg, pfeif auf sie alle samt ihrem ›London‹ (die Cholera soll es kriegen!), um Himmels willen, flieh, sag ich ihm, flieh, Mendel; wie sagt doch die Mutter, sie soll leben: ›Armes Dach, was knisterst du?‹ – Nein, der Mann hört nicht auf mich; denn ich bin doch Scheine-Scheindel, zu

Ach und Weh, und nicht Blime-Zlate. Oh, meine Mutter, sie soll leben, ist gescheit; sie beweist mir immer klipp und klar, daß man einem Mann nicht nachgeben darf; einen Mann muß man in der Hand halten, so daß er fühlt, daß er eine Frau hat! Doch was soll ich tun? Es ist eben meine Art, daß ich nicht so grob sein kann wie Blime-Zlate; ich kann nicht schimpfen und den Mann so herstellen, so herrichten wie sie, ich kann das nicht! Hättest Du Blime-Zlate zur Frau (nicht erleben soll sie das!), Du wüßtest jetzt gut, was für einen Gott wir haben! Und was Du da vom Sterben sagst, Du Obergescheiter, so sage ich Dir: Du bist ein Narr! Ein Mensch gibt sich nicht selbst das Leben und gibt sich nicht selbst den Tod. Und wenn man eine Mitgift anbringt, muß man sich deshalb schon etwas antun? Du Narr, wo steht eigentlich geschrieben, daß Menachem Mendel Geld haben muß? Ist der Menachem Mendel mit Geld nicht derselbe wie ohne Geld? Du Trottel willst Dich Gott entgegenstellen? Du siehst doch, daß Er nicht will; was lärmst Du? Du bist mir das rechte Opfer! Denk Dir meinetwegen, Räuber hätten Dich im Wald überfallen oder Du – bist krank geworden und hast, Gott bewahre, die Mitgift zu allen Teufeln gedoktert! Die Hauptsache aber: Sei kein Weib, Mendel! Vertrau auf Gott, den Ewigen, der ein ›Nährer und Erhalter‹ ist. Komm nach Hause, und Du wirst, so Gott will, als Gast Deine Kinder sehen... Ich schicke Dir für die Reise ein paar Rubel, doch ich bitte Dich, Mendel: Geh auf keine ›Lizentanzen‹ und fange keine Geschäfte mit alten Fetzen an; das fehlt Dir gerade noch! Um Himmels willen, sofort wie Du meinen Brief und das Geld erhältst, mach Dich auf und verabschiede Dich von Odessa; und sowie Du aus der Stadt draußen bist, so möge sie an allen vier Enden auf einmal zu brennen anfangen und soll flammen und auflodern und verbrannt werden, daß kein Stäubchen Asche davon übrigbleibt, wie Dir von tiefstem Herzen wünscht

Deine wahrhaft treue Frau Scheine-Scheindel

II. DIE BÖRSE IN JEHUPEZ

ERSTER BRIEF

Menachem Mendel aus Jehupez
an seine Frau Scheine-Scheindel
in Kasriliwke

Der teuren, edlen, tugendhaften und klugen Ehefrau Scheine-Scheindel meinen Gruß!

Zum ersten sei Dir kundgetan, daß ich – Dank Seinem lieben Namen! – gesund bin und mein Leben das des Friedens; der Herr, gelobt sei Er, möge helfen, daß eines vom anderen nur Gutes höre in guter Botschaft zu Trost und Heil – Amen.

Zum zweiten wisse: Ich bin nicht mehr in Odessa, sondern in Jehupez (auch eine sehr schöne Stadt, so wahr ich lebe!) und ich mache keine Wind- und Luftgeschäfte mehr mit ›London‹; jetzt habe ich – Dank Seinem lieben Namen! – ein viel standesgemäßeres Geschäft in Händen, eines mit kuranter Ware, nämlich ein Papiergeschäft. Ich handle mit ›Papieren‹. So ist es. Du wirst natürlich fragen, wie ich nach Jehupez komme? Da muß ich Dir, meine teure Gattin, eine lange Geschichte erzählen und Dich bitten, daß Du mir nicht böse bist, weil ich Dir so lange Zeit nicht geschrieben habe. Ich hatte einfach nichts zu schreiben und außerdem war ich überzeugt, schon und schon nach Hause zu fahren; und Gott ist mein Zeuge, wie stark es mich nach Hause gezogen hat. Doch es ist mir offenbar im Himmel vorausbestimmt worden, daß ich nach Jehupez verschlagen werden und mit ›Papieren‹ Handel treiben soll. Ich schwöre Dir, teure Gattin, bei meinem Leben, daß ich schon im Wagen gesessen bin, um nach Kasriliwke zu fahren; da muß ich gerade einem von den Odessaer Spiegulanten begegnen. Er fährt nach Jehupez. Ich frage, was er dort zu tun hat. Er handelt, sagt er, mit ›Papieren‹. Was bedeutet das: ›Papiere‹? Er macht mir klar, daß ›Papiere‹ nicht dasselbe sind wie ›London‹, das von Berlin und Bismarck und von der englischen Königin abhängt. Papiere – das ist ein Geschäft, welches sich in Petersburg und Warschau abwickelt. Außerdem hat es noch einen Vorzug: Das ist eine Ware, die man sehen kann und mit Händen greifen, nicht so wie ›London‹, das nur ein Luftgebilde ist, beinahe ein Traum. Dann hat er mir die Stadt Jehupez über den grünen Klee gelobt und ihre Spiegulanten: Das sind, sagt er, ganz ungewöhnliche Menschen, vornehm und edel. Er nimmt, sagt er, keine zehn ausgefressenen Odessaer für einen Jehupezer Spiegulanten! Kurz, der Mensch hat mir so zugesetzt, daß ich mir gedacht habe: Ich fahre ohnedies an Fastow vorbei, da will ich schon aus Neugierde einen Abstecher nach Jehupez machen und mir die Börse dort und die Spiegulanten ansehen. Und was will Gott?! Gerade wie ich ankomme, herrscht eine furchtbare ›Baisse‹ in Papieren und man kriegt ›Promessen‹ halb umsonst zu kaufen. Viel Geld braucht man da nicht anzulegen; also ich entschließe mich, auch ein wenig mitzuspielen. Gott ist barmherzig, ohne Frage; vielleicht ›steigen‹ die Papiere, da habe ich wenigstens einen Reisezuschuß. Und der Herr dort oben hat mich nicht verlassen: die ›Papiere‹ haben sich gehoben und ich habe meine Promesse mit Gewinn verkauft und einige neue Promessen gekauft. Ich bin wieder auf die Butterseite gefallen und habe schöne paar Hundert Rubel herausgeschlagen und noch dazu in Barem. Da habe ich mir überlegt: Wozu soll ich einem anderen Geld für die ›Promessen‹ in den Rachen werfen? Ich werde mich selbst mit Bargeld in ›Papieren‹ engagieren! So bin ich durch ein Börsenkontor nach Petersburg und habe mir ein ›Portefeuille‹ zusammengestellt von allem, was gut und teuer ist: ›Putilow‹, ›Transport‹, ›Wolga‹ und ›Maltzewer‹ und andere Aktien, welche steigen. Und – gepriesen sei Sein Name! – Es geht vorwärts mit mir! Da ich jedoch keine Zeit habe, fasse ich mich kurz. So Gott will, werde ich Dir im nächsten Brief alles ausführlich berichten. Jetzt gebe Gott Gesundheit und Glück. Grüß die Kinder und Schwiegervater und Schwiegermutter, alle gar freundlich von

Deinem Gemahl Menachem Mendel

Richtig: das Wichtigste! Wenn du mir schreibst, so schreibe mir unter meinem Namen nach Bobrisk; denn in Jehupez darf man nicht wohnen. So treibe ich mich den ganzen Tag bei der Börse herum und wenn es Abend wird, mache ich mich auf nach Bobrisk. Dort sitzt die ganze Gesellschaft von ›Spiegulanten‹ in den Villen und die ganze Nacht wird gekartelt (Männer und Frauen zusammen, so ist es hier Sitte ...). Und am frühen Morgen rennen alle nach Jehupez und ich mit.

Der Obige

ZWEITER BRIEF

Scheine-Scheindel aus Kasriliwke an ihren Gatten Menachem Mendel in Jehupez

Dem hochgeehrten, edlen und mächtigen Herrn, dem weisen Kenner der Thora, dem hochgelehrten Reb Menachem Mendel ehrfürchtigen Gruß!

Erstens vermelde ich Dir, daß wir alle, Gott sei Dank, beim besten Wohlsein sind; gebe Gott uns, das gleiche von Dir zu hören fürderhin und nichts Schlimmeres.

Zweitens teile ich Dir mit, mein teurer Gemahl, daß meine Feinde so die Kraft haben mögen zum Leben (erfülle mir das, Herr der Welt), wie ich noch Kraft habe, Dir auch noch einen Brief zu schreiben; ich schleppe mich mit Mühe auf meinen Beinen fort. Es ist ganz sicher, daß ich eine gründliche ›Reparatur‹ brauche – so sagt der neue Doktor (ansagen möge man ihm alles Leid der Welt und alle zehn Plagen Pharaos!). Er glaubt, daß er mir Rubel um Rubel abknöpfen kann. Und wovon, glaubst Du, kommt das alles? Nur von Kummer und Herzweh. Ich bitte Dich, Mendel: Was soll das heißen? Ich schicke Dir Reisegeld und heiße Dich nach Hause kommen und Du machst Dich auf und fährst nach Jehupez! Bist du nicht wert, daß man Dich lebendig begräbt? Und dann: diese Schmach, die Schande vor der Welt! Wie sagt die Mutter, sie soll leben: ›Er schneuzt die Nase und macht sich das Gesicht schmutzig…‹ Geschäfte! Waren! Ich habe gemeint, da das schöne ›London‹ schon endlich ein böses Ende genommen hat, werde ich aufatmen können und mein vortrefflicher Brotgeber wird endlich heimkommen, wenn auch mit nicht mehr als mit dem nackten Leben. Und was geschieht? Ein neues Trugbild, ein wüstes, finsteres ›Jehupez‹! ›Papiere!‹ Auch ein Geschäft! Ein Jude handelt, weiß der Teufel, mit Papierfetzen!… Ich lese Deinen Brief, teurer Gemahl, und denke dabei: Herzlieber, guter Vater im Himmel! Bist Du, Gott bewahre, verrückt, oder bin ich nicht recht bei Sinnen? Du sprichst Türkisch mit mir: ›Papier‹ – ›Petersburg‹ – ›Porteflöh‹! Eine Hexe oder ein böser Dämon hat sich dem Mann in die Seele gesetzt und bei Tag ist er in Jehupez, bei Nacht ist er in Bobrisk, zusammen mit Mannsbildern und Frauenzimmern… Was hast Du bei Nacht in Bobrisk zu tun? Was für Absichten hast Du? Bist Du meiner überdrüssig, so komm her und gib mir den Scheidebrief; wenn Du das nicht willst, so fahr lieber gleich zu allen Teufeln nach Amerika, wie Jossel Leib Aarons und laß mich nicht erst wissen, wohin dein Gebein geraten ist, da es mir schon bestimmt ist, für immer verlassen mit drei kleinen Kindern dazusitzen. Wahrhaftig, du hast ein Sauglück, daß ich jetzt nicht zu Dir fahren kann; ich bin – Gott sei's geklagt – so hart gestraft (auf meine Feinde komme es!), daß ich sogar im Bett liegen muß. Wie sagt meine Mutter, sie soll leben: ›Wer keine Finger hat, kann niemand eine Nase drehen.‹ Wäre das nicht, so wäre ich auf Deinen schönen Brief hin gleich zu Dir nach Jehupez gefahren und hätte Dich schon nach Hause gebracht; ich hätte Dir gezeigt, daß ein Weib – ein Weib ist. So habe ich doch endlich ein hartes Wort gefunden? Das macht der Kummer – und lang hält's nicht vor. Wie sagt die Mutter,, sie soll leben: ›Ein Zündholz entzündet sich schnell und verlöscht bald.‹

Dies wünscht Dir

Deine wahrhaft treue Frau Scheine-Scheindel

DRITTER BRIEF

Menachem Mendel aus Jehupez
an seine Frau Scheine-Scheindel
in Kasriliwke

Der teuren, edlen, tugendhaften und klugen Ehefrau Scheine-Scheindel meinen Gruß!

Zum ersten sei Dir kundgetan, daß ich – Dank Seinem lieben Namen! – gesund bin und mein Leben das des Friedens; der Herr, gelobt sei Er, möge helfen, daß eines vom anderen nur Gutes höre in guter Botschaft zu Trost und Heil – Amen.

Zum zweiten wisse: Papiere sind nicht, wie Du meinst, gewöhnliches Papier. Man nennt das Papier, doch gemeint sind Aktien, Petersburger Aktien, zum Beispiel: ›Putilow‹, ›Transport‹, ›Maltzewer‹, ›Wolga‹ und dergleichen. Das sind Fabriken, wo man Eisenbahnen auf Aktien verfertigt; das heißt nämlich: es werden Aktien ausgegeben von einem Hunderter und dafür bezahlt man drei Hunderter. Warum? Sie geben ›Divandenden‹; je mehr ›Divandenden‹, desto besser; nur weil eben keiner vor Ende des Jahres weiß, was für ›Divandende‹ gegeben werden wird, deshalb faßt man blind zu und kauft und kauft; und daraus wird eine ›Hausse‹, das heißt, das Papier steigt, Juden verdienen Geld und für mich fällt auch was ab. Du solltest sehen, teure Gattin, wie armselige Menschlein, Mäkler, Nichtse, mit einem Mal plötzlich aufgekommen sind und schwerreich geworden! Das sitzt jetzt auf ›Sommerfrische‹ in Bobrisk und fährt baden ins ›Ausland‹. Ihre Damen gehen eingewickelt in Gold und Silber, die Kinder fahren auf ›Lozipeden‹, in der Wohnung halten sie ›Kuhfernanten‹, sie sprechen auch ›Französisch‹ und spielen ›Piano‹, essen ›Eingemachtes‹ und trinken ›Likör‹. Ein Rubel heißt bei denen nichts; das heißt es: Leben, leben, bis man draufgeht – und das alles von den ›Papieren‹. Wenn es Tag wird, da solltest Du sehen, wie der Börseplatz aussieht; voll, gesteckt voll von Juden! Unangenehm ist nur, daß man in den Kontoren nicht bleiben darf und auf der Gasse nicht stehen; wie soll man da etwas besprechen und erfahren? Das ist böse. Doch es muß gehen und es geht! Gerade heute ist der Bericht aus Petersburg gekommen: Kurs ›Putilow‹ – 178. Sag, soll man da nicht ›Putilow‹ kaufen? oder, zum Beispiel, ›Maltzewer‹; sie stehen schon, sagt man, 350; wer kauft da keine ›Maltzewer‹? Wo sie doch Tag um Tag höher springen?! An meinen ›Putilow‹ kann ich jetzt, Gott sei gelobt, schöne paar Hundert Rubel verdienen. Doch so lange sollen sie in Petersburg Prügel kriegen, wie lange es noch dauern wird, bis ich verkaufe! Im Gegenteil, ich denke daran, noch so hundert Stück ›Putilow‹ und fünf ›Maltzewer‹ mit ein wenig ›Wolga‹ zu kaufen und, wenn Gott das Leben schenkt – auch ein bißchen ›Transport‹ zu erhandeln; denn aus Petersburg schreiben sie, man möge, um Gottes willen, nur ›Transport‹ kaufen. Alles hat jetzt ›Transport‹: Juden, Frauen, Doktoren, Lehrer, Diener,

Mägde, Handwerker – wer hat eigentlich keine ›Transport‹? Wenn ein Jude einem anderen begegnet, so ist sein Willkommgruß: ›Wie stehen heute ‚Transport'?‹ Kommst Du in ein Restaurant, so begrüßt Dich die Wirtin: ›Wie stehen heute ‚Transport'?‹ Gehst Du ein Päckchen Zündhölzer kaufen, so fragt Dich der Krämer: ›Wie stehen heute ‚Transport'?‹ Kurz und gut – Jehupez ist wirklich ein Geschäftsplatz. Alle ›spiegulieren‹, alle kommen vorwärts, alle verdienen Geld und für mich fällt auch was ab. Doch da ich keine Zeit habe, fasse ich mich kurz: So Gott will, werde ich Dir im nächsten Brief alles ausführlich berichten. Jetzt gebe Gott Gesundheit und Glück, grüß die Kinder, jedes extra, sie sollen leben, alle sehr herzlich von

Deinem Gemahl Menachem Mendel

Richtig: das Wichtigste! Du fragst, was ich bei Nacht in Bobrisk zu tun habe; ich habe Dir doch schon gesagt: Jehupez ist eine Stadt, in der Juden nicht wohnen dürfen, außer sie sind ›privigeldiert‹. Bis ich mein ›Portefeuille‹ losgeworden bin und die erste Bilanz gemacht habe, will ich dort, wo es nötig ist, ›geldieren‹ und werde dann in Jehupez sein dürfen, wie alle anderen. Jetzt heißt es sich verstecken und ein besseres Versteck als Bobrisk gibt es nicht. Das ist ein Ort, wo es Sommerwohnungen gibt; und es gibt eine Menge Sommerfrischler, die hinlaufen – so laufe ich auch hin. Verstehst Du das jetzt schon?

Der Obige

VIERTER BRIEF

Scheine-Scheindel aus Kasriliwke an ihren Gatten Menachem Mendel in Jehupez

Dem hochgeehrten, edlen und mächtigen Herrn, dem weisen Kenner der Thora, dem hochgelehrten Reb Menachem Mendel ehrfürchtigen Gruß!

Erstens vermelde ich Dir, daß wir alle, Gott sei Dank, beim besten Wohlsein sind; gebe Gott uns, das gleiche von Dir zu hören fürderhin und nichts Schlimmeres.

Zweitens teile ich Dir mit, mein teurer Gemahl, daß bei uns ein Unglück geschehen ist, bei dem zugleich noch ein Glück war. Unser Mojsche-Herschele hat eine Kopeke geschluckt! Ich komme vom Markt, am Freitag war das, Fische hab ich gekauft, frisch, zapplig, springlebendig – und das Kind schreit, schreit, zerschreit sich! Ich schlage es, ich prügle es – es schreit unaufhörlich! »Was willst du eigentlich, du Unglücksvogel? Du Kreatur! Da, du mein Unglück, da hast du eine Kopeke! Bauchweh sollst du dazu kriegen!« Endlich, nach langer Müh, schweigt der Balg. Nach ein paar Minuten springe ich zu ihm hin: »Mojsche-Herschele! Wo ist die Kopeke?« – »Nit da Topete«, er lacht mich an und steckt den Finger in den Mund. Geschluckt? Guter Gott! Zu allem Unglück auch das noch! Ich nehme das Kind auf den Arm, ich schaue ihm in den Mund; Ach und Weh! Keine Kopeke! Mojsche-Herschenju, mein süßes Geschöpf, sag: wohin hast du die Kopeke gegeben? Ich schüttle ihn, ich schlage ihn, ich zwicke ihn, daß er braun und blau wird – er schreit fortwährend: »Nit da, ham Topete, ham!« Kurz – ich habe ihn zum Doktor gebracht. Der hat verordnet dem Kind Kartoffeln zu geben. Und zwei Tage habe ich das arme Kind gequält, es gewaltsam angestopft; keine Milch, nicht einmal einen Schluck Wasser habe ich ihm gegeben – nur Kartoffeln, nur Kartoffeln; – da meint ich: nun ist's aus mit dem Kind! Erst am dritten Tag, wie ich wieder einmal die Stube räume und die Betten auslege –, liegt da nicht unter dem Kissen die Kopeke? Die Doktoren sollen so gesund sein, wie sie von ihrem Geschäft was verstehen! Nun, was sagst Du, ist Dir das noch zu wenig? Wie sagt die Mutter, sie soll leben: ›Unglück und noch was drauf!‹ Ich habe da zu tun mit seinen Kindern, mit Doktoren, mit Tod und Teufel, und er, der Goldgräber – als wäre nichts geschehen, fährt er von Odessa nach Jehupez, von Jehupez nach Bobrisk. Und warum? Er hat eine neue Entdeckung gemacht: ›Papiere‹, ›Transport‹, ›Porteflöhe‹! Er redet sich ein, daß man so schnell, wie ein Sch'ma Jisroel gesagt hat, Millionär werden kann! Wie sagt die Mutter, sie soll leben: ›Einbildung ist schlimmer als eine Krankheit.‹ Du lieber, guter Narr Du, was erzählst Du mir von großartigen Dingen, mit denen Du Dein Glück machen sollst: ›Aktien, Schmaktien, Divandende, Andiwände‹ – das alles ist soviel wert wie ein ausgeblasenes Ei; mit den bloßen fünf Fingern zählt man kein Vermögen! ›Wer Fieber einnimmt,‹ – sagt die Mutter – ›gibt aus für den Doktor.‹ Schreib Dir hinter die Ohren, Mendel, was ich Dir sage: Alle Deine Jehupezer Leute, von denen Du schreibst, daß sie auf einmal glücklich geworden sind, die werden, so Gott will, gar bald dieselben armen Schlucker sein wie früher, nur in neuer Auflage. Und an

Deine ›Transport‹ samt den ›Schmaltzewer‹ glaube ich geradeso wie an das Odessaer ›London‹; an Zauberei und Kobolde glaube ich viel mehr als an Deine Jehupezer ›Porteflöhe‹. Ach, wenn ein Hund mein Herz zu fressen kriegte, würde er toll werden; ich sehe, wie anderer Leute Weiber auch etwas zu reden haben bei ihren Männern; sie mischen sich da und dort mit einem Wort ein oder schreien und keifen, daß der Mann das Grausen kriegt; nicht so wie ich, die Dich immer mit Samtpfoten anfaßt und kein böses Wort, Gott behüte, herausbringen kann. Nicht einmal den Kummer und Ärger, den ich von Dir habe, kann ich mir von der Leber wegreden und muß zu allem noch gute Miene machen. Wie sagt die Mutter, sie soll leben: ›Ein Kniff in die Wange, daß sie Farbe kriegt.‹ Aber um Gottes willen, es geht ums Leben! Ich will so lange still bei mir zanken und alles in mich hineinfressen, bis ich – allen Feinden Zions gesagt – verlösche wie ein Licht oder – Gott bewahre – zernagt werde vom Kummer, zernagt und zerrissen mögen Deine Jehupezer Glücksjäger allesamt werden, wie Dir heute und jederzeit vom ganzen Herzen wünscht

Deine wahrhaft treue Frau Scheine-Scheindel

Noch etwas: Berl, der Sohn des Vetters Menasche, ist wieder einmal in der Tinte: Er ist diese Woche abgebrannt und darnach geblieben, wie ihn seine Mutter zur Welt gebracht hat. Und jetzt hat er außerdem Scherereien: Gute Freunde haben ihn denunziert, daß er alles dreimal so hoch versichert hat wie es wert war und daß er selbst, wie es nach dem Bibelwort heißt, ›der Schöpfer der Feuersflamme‹ ist. Doch Berl ist nicht so einer, von denen zwölf auf ein Dutzend gehen; er stellt Zeugen, welche beschwören, daß er in der besagten Nacht gar nicht hier gewesen ist; inzwischen ist er eingesteckt worden und Zlate ist vor Schreck mit einem Siebenmonatskind niedergekommen. Masel-tow!

FÜNFTER BRIEF

Menachem Mendel aus Jehupez
an seine Frau Scheine-Scheindel
in Kasriliwke

Der teuren, edlen, tugendhaften und klugen Ehefrau Scheine-Scheindel meinen Gruß!

Zum ersten sei Dir kundgetan, daß ich – Dank Seinem lieben Namen! – gesund bin und mein Leben das des Friedens; der Herr, gelobt sei Er, möge helfen, daß eines vom anderen nur Gutes höre in guter Botschaft zu Trost und Heil – Amen.

Zum zweiten wisse: Ich gehe schon nach Warschau. Jetzt willst Du mich gewiß schon fragen, was ich mit Warschau zu tun habe, wo ich doch in Jehupez sitze und mit Petersburg in Geschäftsverbindung bin? Du brauchst gar keine Sorge haben: Warschau ist auch eine Stadt! Warschau hat auch Papiere und gar was für Papiere! Mit Warschau haben Spiegulanten ihr Glück gemacht! Warschau ist nicht Petersburg; Warschau wirft Dir nur so die Hunderter in den Schoß! Warschau hat gerade diese Woche einen Anlauf genommen und läßt ›Liliput‹ von 1200 auf 2000 steigen! Ich frage Dich also: Kann man da stillsitzen, ohne so ein Papier zu kaufen?

Oder zum Beispiel ›Wagen‹; noch vor kurzem, so vor drei Wochen, sind sie auf 1400 gestanden. Wie hoch, glaubst Du, stehen sie jetzt? 2000! Und das ohne Coupon! Ein Selbstmörder, sage ich, ist der, welcher keine ›Wagen‹ kauft! Überdies hat Warschau noch einen Vorzug: es erfordert kein Geld; es will gar nichts von einem ›Depot‹ wissen! Brauchst du vielleicht ›Liliput‹ oder ›Wagen‹? Zahl ein paar Hundert Rubel Angabe nach dem heutigen Kurs und Du hast eine ›Promesse‹ auf ›Ultimo‹: in unserer Sprache heißt das ›Rosch-chojdesch‹; dann hast Du die Wahl: die Papiere zu nehmen oder nicht. Doch wer läßt Dich bis Rosch-chojdesch warten? Dazu hat doch Gott die Makler in die Welt gesetzt, daß sie einen nicht ruhig durch die Gasse gehen lassen: »Haben Sie vielleicht ›Liliput‹?« – »Haben Sie vielleicht ›Wagen‹?« Sie reden so lange in Dich hinein, bis es ihnen gelingt, Dir etwas ›drauf‹ zu geben und Dir Deine Papiere auszufoppen. Erst gestern haben sich zwei Odessaer Makler an mich angehängt; sie hatten sich's in den Kopf gesetzt, daß ich ihnen meine ›Liliput‹ und meine ›Wagen‹ alle auf einmal abgeben soll. Na – sie sind an den Richtigen geraten, um Ware auszufoppen! »Liebe Freunde,« sage ich ihnen, »ich habe nicht ein Stück, wahrhaftig, so rein will ich von aller Schuld sein!« Kurz und gut, ich habe mit ihnen so lange gekämpft, bis sie mir doch meine fünf ›Liliput‹ und fünf ›Wagen‹ ausgeschwindelt haben. Wie wär es anders gegangen? Ich habe sie aber auch gut hineingelegt. Ich habe mich sofort ›gedeckt‹, einen kräftigen ›Schmiß‹ gemacht und hoffe zu Gott, daß ich, so Gott will, einen fetten Gewinn haben werde. Denn in der letzten Zeit geht es mir, unberufen, so: was ich heute kaufe, wird morgen teurer! Alle sagen, daß ich ein Glückspilz bin. Wenn Gott hilft und der ›Ultimo‹ in Warschau glatt abläuft, dann wird mein ganzes ›Portefeuille‹ frei. Dann will ich mit einem anderen Börsenkontor in Verbindung treten; denn in dem Kontor, mit welchem ich jetzt arbeite, sind, unberufen, so viel Juden, daß es einem schier schwindlig wird. Diese Woche hat es sogar einen argen Skandal gegeben: es war schon nahe am Ohrfeigen, das heißt, einer von uns hat eine Ohrfeige gekriegt... Da ich jedoch keine Zeit habe, fasse ich mich kurz. So Gott will, werde ich Dir im nächsten Brief alles ausführlich berichten. Jetzt gebe Gott nur Gesundheit und Glück. Grüß alle sehr herzlich von

Deinem Gemahl Menachem Mendel

Richtig: das Wichtigste! Was Du mir wegen Berl, Vetter Menasches Sohn, schreibst, erscheint mir sehr wahrscheinlich: denn bei den Geschäften, die Ihr dort in Kasriliwke macht, kann ein Kaufmann auf keine andere Weise vorwärtskommen. Siehst Du: bei uns in Jehupez kann so etwas gar nicht vorkommen. Erstens geht es hier, unberufen, jedem einzelnen sehr gut; und zweitens: bricht schon – Gott behüte – wirklich ein Brand aus, so wird er auf ganz andere Weise gelöscht; beinahe ehe es noch anfängt zu brennen, rennt schon die Feuerwehr mit den Messingtöpfen auf dem Kopf; die Leute springen ins Feuer und spritzen aus den Schläuchen wie toll. Du hättest eine Freude, wenn Du Dir in Jehupez einen Brand ansähest!

Der Obige

SECHSTER BRIEF

Scheine-Scheindel aus Kasriliwke an ihren Gatten Menachem Mendel in Jehupez

Dem hochgeehrten, edlen und mächtigen Herrn, dem weisen Kenner der Thora, dem hochgelehrten Reb Menachem Mendel ehrfürchtigen Gruß!

Erstens vermelde ich Dir, daß wir alle, Gott sei Dank, beim besten Wohlsein sind; gebe Gott uns, das gleiche von Dir zu hören fürderhin und nichts Schlimmeres.

Zweitens teile ich Dir mit, mein teurer Gemahl, daß Du, wie ich glaube, schon total verrückt bist; Du wirst bald anfangen, in den Gassen herumzurennen wie unser Stadtnarr. Es genügt dem Manne nicht, daß man ihn in Odessa kennt, in Jehupez und Bobrisk; er muß es noch fertigbringen, daß man in Warschau auch weiß, daß es auf der Welt einen Menachem Mendel gibt, welcher mit Narrenware handelt; zuerst hat er mit ›London‹ gehandelt und jetzt handelt er mit alten Fetzen und allem möglichen Narrenwerk: mit ›Papieren‹, ›Porteflöhen‹, ›Wagen‹, ›Liliputanern‹. Und die muß er ausgerechnet in Warschau auftreiben und sich darum mit den Leuten herumschlagen. Gott gebe es, erleben möchte ich's, daß sich ein vernünftiger Mensch findet, welcher aus Dir Deine Narrheit herausprügelt, damit Du nicht nur, der Teufel weiß, was, im Kopfe hast; hier zu Hause hast Du eine Frau – bis hundertzwanzig Jahre –, die muß sich Tag und Nacht mit seinen Kindern plagen: bald gibt's das, bald jenes! Erst gestern hätte ich beinahe ein Kind mit siedendem Wasser vom Suppensieb verbrüht. Ein Glück, daß es nicht über den ganzen Kopf gegangen ist! Wie sagt die Mutter, sie soll leben: ›Zum Unglück muß man auch Glück haben!‹ Und der Mann, ihn geht das nichts an; er schaut sich Brände an! Großartig: Jehupez brennt! verbrennen und zu Asche werden möge es Dir samt Warschau und Petersburg zusammen, Gott gebe es! Jeder ordentliche Mensch hier darf mich mit Nadeln stechen! Kann ich mich überhaupt noch auf die Gasse wagen? Jeder zeigt auf mich mit Fingern: »Aha, da geht sie, die Frau von Menachem Mendel aus Jehupez!« Ein schöner Spitzname. Ach und wehe wird mir, wenn ich ihn höre! Leben soll mir die Mutter; sie gibt es mir ordentlich zu hören: ›Einen Mann‹, sagt sie, ›darf man keine Minute frei herumlaufen lassen; denn‹, sagt sie, ›wenn der Zimmermann sich auf Späne verlegt, werden die Späne – Späne... Ich habe es‹, sagt sie, ›im voraus gewußt: das wird kein gutes Ende haben; ich wollte eine Geldheirat haben. Wie sagt man doch: Schwein, hast Du Geld? Sei mein Schwäher! Jetzt habe ich die Geldheirat: geradezu eine Goldgrube! Das Gold‹, sagt sie, ›zerrinnt und die Grube bleibt übrig. Briefe‹, sagt sie, ›wollt ich ihm schreiben! Das Fieber sollt er mir davon kriegen! Wer einen Wink mit dem Stock nicht versteht,‹ sagt sie, ›muß den Stock selber zu kosten kriegen. Ich würde ihn‹, sagt sie – ›mit einem Besenstiel nach Hause bringen! Mit einem Ochsenziemer!...‹ Sag Mendel: Hat sie nicht recht? Doch, was kann ich tun, da ich – leider – so ein Bählamm bin, dem alles recht ist, was man sagt, und mit dem man machen kann, was man will! Eine andere an meiner Stelle, zum Beispiel Blime-Zlate wäre schon längst in Jehupez bei allen Rabbinen und Dajanim gewesen, hätte Dich auf der Gasse abgefaßt und Dir das Nötige zu hören gegeben, aber so, daß Du vergessen hättest, ob Du Menachem Mendel heißt und ob Du mit Liliputanern handelst oder Zwergen!... Weißt Du, Mendel: Deine Goldgeschäfte und die Schätze, welche Du dort einheimsest, die erkenne ich an den Geschenken, welche Du mir aus Jehupez schickst; die Diamanten und Brillanten und die gestickten Hemden und die Spitzentücher, die ich von Dir kriege – sie sind nicht ohne! Mein teurer Gemahl, ich sage Dir im Guten: Das halte ich nicht mehr aus! Entweder – oder: Entweder Du fährst, so schnell als es geht, nach Hause und wirst wieder ein Mensch wie die anderen Menschen, oder – der schlimmste Tod falle auf meine Feinde – und – alles muß ein Ende haben. Das wünscht Dir für heut und allezeit

Deine wahrhaft treue Frau Scheine-Scheindel

SIEBENTER BRIEF

Menachem Mendel aus Jehupez
an seine Frau Scheine-Scheindel
in Kasriliwke

Der teuren, edlen, tugendhaften und klugen Ehefrau Scheine-Scheindel meinen Gruß!

Zum ersten sei Dir kundgetan, daß ich – Dank Seinem lieben Namen! – gesund bin und mein Leben das des Friedens; der Herr, gelobt sei Er, möge helfen, daß eines vom anderen nur Gutes höre in guter Botschaft zu Trost und Heil – Amen!

Zum zweiten wisse: Es geht vorwärts, mit Windeseile, es geht hinauf, hinauf! Eine Menge Leute beneiden mich; denn was ich heute kaufe, wird morgen teurer. ›Wagen‹ sind noch um 200 Rubel vorgerückt und meine ›Liliput‹ sind schon – Dank Seinem lieben Namen! – bei der zweiten Hälfte von 2000 angelangt; doch ich habe noch keine Lust, zu verkaufen, weil alle sagen, daß es noch steigen wird. Es geht das Gerücht, daß das ›Ausland‹ sich auf unsere Papiere geworfen hat und daß sich ein ›Sandikat‹ gebildet hat. Das heißt, sie arbeiten dort alle Hand in Hand und wollen alle unsere Papiere aufkaufen bis zum letzten Stück; nicht soviel wollen sie übrig lassen, wie unter einen Nagel geht! Du fragst natürlich, warum? Ganz einfach: Geld, Du verstehst, gibt es heute auf der Welt in Unmenge; es liegt auf der Straße; die Zinsen sind sehr niedrig, vier, fünf vom Hundert sind für uns übergenug; wenn heute irgendwo Geld zehn oder fünfzehn Prozent trägt, so ist das ein Glücksfall! Und was Du von den ›Liliput‹ sagst (nicht, wie Du sie nennst, ›Liliputaner‹), so habe ich Dir doch schon geschrieben, daß das so ein Papier von einer Fabrik ist, wo man Eisenbahnen herstellt und davon ›Divandenden‹ gibt. Die Eisenbahnen sind in ›Simbirien‹, die Papiere in Warschau und die Käufer in Jehupez. Jetzt verstehst Du das doch schon? Genauso verhält es sich mit ›Putilow‹, mit ›Wagen‹ und mit ›Transport‹. Doch Du meinst vielleicht: wenn man Papiere kauft, sieht man sie vor Augen? Da irrst Du Dich sehr. Das muß ich Dir genau erklären, damit Du das Geschäft verstehst. Also – Du hast zum Beispiel Lust, Dir ›Transport‹ zu kaufen; da gehst Du in ein Börsenkontor, gibst in eine Kasse etliche Rubel als ›Depot‹ und läßt Dir ein wenig Ware notieren.

Dann kriegst Du einen Brief, daß man für Dich soundso viel ›Transport‹ gekauft hat, zu dem und dem Preis, auf Grund dieses und dieses ›Depots‹. Und wenn sie – Gott behüte – fallen, so bist Du verpflichtet, noch Geld einzulegen. Doch das ist ein Unsinn, denn so schnell fallen sie nicht und Du mußt kein Geld nachschießen; im Gegenteil, sie steigen fortwährend! So arbeite ich also immerfort und es geht – Dank Seinem lieben Namen, es möge nur so weitergehen und nie ärger, Gott möge helfen – gut. Könnte ich mich auf ein paar Tage vom Geschäft losreißen, so würde ich einen Sprung nach Wassilkow machen und dort ›geldieren‹. Da könnte ich das Hin- und Herwandern ersparen, daß ich bei Tag ein Jehupezer bin und bei Nacht ein Bobrisker. Alle Makler sind schon ›Kupcy‹ geworden. Du solltest sehen, wie das lebt, wie das ißt. Und ihre Damen, behängt mit Diamanten und Brillanten – ich habe mich übrigens erkundigt, wo man da Brillanten kauft, und habe einige Sachen für Dich angeschaut; ich sage Dir: nicht nur bei Euch in Kasriliwke, sogar bei uns in Jehupez werden die Sachen Aufsehen machen! Da ich jedoch keine Zeit habe, fasse ich mich kurz. So Gott will, werde ich Dir im nächsten Brief alles ausführlich berichten. Jetzt gebe Gott nur Gesundheit und Glück. Grüß jeden extra gar herzlich von

Deinem Gemahl Menachem Mendel

Richtig: das Wichtigste! Du glaubst wahrscheinlich, meine teure Gattin, daß ich der einzige bin, der mit Papieren handelt? Brodzki handelt auch damit. Der Unterschied ist nur der: Wenn ich Papiere kaufen gehe, muß ich vorher ausrechnen, wieviel mein Magen verträgt;

wenn aber Brodzki Papiere kauft, dann kauft er auf einmal tausend, fünftausend, zehntausend Stück. Du, mit Brodzki ist nicht zu spaßen! Wenn er in seiner Kalesche vorbeifährt, zittert der Börseplatz und alle Juden ziehen die Hüte; auch ich. Schön wäre es, wenn ich einmal ein Brodzki würde...! Wenn Gott will, mein liebes Weibchen... man kann nie wissen. Der Obige

ACHTER BRIEF

Scheine-Scheindel aus Kasriliwke
an ihren Gatten Menachem Mendel
in Jehupez

Dem hochgeehrten, edlen und mächtigen Herrn, dem weisen Kenner der Thora, dem hochgelehrten Reb Menachem Mendel ehrfürchtigen Gruß!

Erstens vermelde ich Dir, daß wir alle, Gott sei Dank, beim besten Wohlsein sind; gebe Gott uns, das gleiche von Dir zu hören fürderhin und nichts Schlimmeres.

Zweitens teile ich Dir mit, mein teurer Gemahl, daß man aus ›Schweinsschwänzen‹ – so sagt die Mutter, sie soll leben – ›kein Strajmel machen kann.‹ Ich meine damit Deine liebe Schwägerin, Deine Jentel – auf einem Scheiterhaufen möge sie lodern! – Sie hat da etwas Schönes angestellt; vorige Woche redet sie in der ganzen Stadt herum, daß Du nach Amerika weg bist, und mich hast Du – das wird sie nicht erleben! – hier sitzenlassen als Witwe nach einem Lebenden. Und woher, glaubst Du, sagt sie, hat sie diese Nachricht? Sure-Nechome hat aus Leiser Herschke Awroms eigenem Munde gehört, daß

Baruch Benzions mit eigenen Augen bei Mojsche Schmul einen Brief gesehen hat, den ihm Majer-Motel aus Amerika geschrieben hat. Natürlich laufe ich sofort zu Mojsche Schmul: Wo ist der Brief? Was für ein Brief? fragt er. Der Brief, sage ich, den Majer-Motel Euch aus Amerika geschrieben hat. Wer hat Euch das erzählt? fragt er. Baruch Benzions – sage ich. Darauf er: Wie kann Euch der Lügner, der Verleumder, so etwas erzählen, wenn ich schon mehr als ein Jahr nicht mit ihm spreche? Natürlich laufe ich von dort gehörig geladen zu Baruch Benzions. Und erfahre, daß er schon seit drei Wochen verreist ist. Ich fliege natürlich von dort geradewegs zu Leiser Herschke Awroms und gebe ihm sein Teil zu hören, das er verdient, wie er sich unterstehen konnte, Sure-Nechome eine erstunkene und erlogene Geschichte von dem Brief zu erzählen! Er sieht mich an, als wäre ich toll: Wo hat der Topf den Deckel? Und es stellt sich heraus, daß sie ganz allein, Deine Jentel nämlich – das Sühnopfer sei sie für uns beide –, sich die Geschichte ausgedacht hat! Da siehst Du, was so ein Luder imstande ist! Doch Dich interessiert sicher all das nicht, was ich Dir schreibe, da Du Deine Gedanken auf nichts anderes hast als auf die Jehupezer Damen, verdammt mögen sie sein und verdreht samt ihren Brillanten! Hör, Mendel! Ich will nicht einmal ihre Namen wissen, so hasse ich sie! Sogar vor Deinen Geschenken ekelt es mich, die Du mir dort kaufen willst, denn ich sage es Dir im voraus, mein teurer Gatte: Wenn Du mir etwas kaufen willst, dann kaufe mir nur solche Dinge, die man dort nicht trägt; ich brauche mich nicht von Dir mit einer anderen vergleichen lassen; heute noch können sie alle meinetwegen als mein Sühnopfer krepieren! Doch ich möchte endlich erleben, ein Geschenk von Dir wirklich zu sehen, nicht bloß auf dem Papier, sei es auch nur – wie sagt die Mutter, sie soll leben: ›Kleiner als ein Käfer oder größer als ein Bissen ...‹ Wozu verschiebst Du alles auf morgen, Du Narr? Wenn man bei so einem Geschäft sich nicht sofort entschließt, kommt man zu nichts! Doch, Du kannst mir erzählen, was Du willst; bis ich's nicht mit eigenen Augen sehe, glaube ich Dir nicht; nicht etwa, daß ich Dich – Gott behüte – für einen Lügner hielte, sondern deshalb, weil für Dich alles, was Dir die lieben Leute in Deinem Jehupez einreden, heilig ist wie die Bibel. Wie kannst Du Dich mit Brodzki vergleichen? Hast Du mit ihm zusammen Schweine gehütet? Und wenn man Dir für Deine Papierfetzen Geld geboten hat – nimm es! Was hast Du da erst zu überlegen? Die Odessaer Scharlatane sind Dir bis nach Bobrisk nachgelaufen, um Dir die teuren Kostbarkeiten abzunehmen? – Sie können die Raritäten haben – und meinen Segen dazu, mögen sie daran glücklich werden: Wie sagt die Mutter, sie soll leben: ›Schnell die Nüsse in den Hut und fort!‹ Doch was nützt alles Reden, wenn einer närrisch ist! Jetzt auf einmal hat er das Bedürfnis, ein ›Kupec‹ zu werden und noch dazu ein Wassilkower! Der Mann weiß vor Übermut nicht mehr, was er ausdenken soll! Was für eine besondere Vorliebe hast Du auf einmal für Wassilkow? Doch darauf kommt's ja nicht mehr an? Wenn einer bei Tag ein Jehupezer ist und bei Nacht ein Bobrisker und dabei nach Petersburg und Warschau geht, dann kann er auch noch in die Kaufmannsliste von Wassilkow eingetragen sein oder auch in Hotzenplotz. Mendel! Ich bitte Dich, sieh zu, daß nach all Deinen glänzenden Geschäften ich Dir nicht – Gott behüte – noch einmal Reisegeld schicken muß. Das wünscht Dir jetzt und immerdar

Deine treue Frau Scheine-Scheindel

Ich muß Dir, mein teurer Gemahl, noch eine Mitteilung machen und dazu gar keine freudige: Dein Bruder Berl-Benjamin ist Witwer geworden... Dieser Brief war schon geschrieben, da hat man uns mitgeteilt, daß Zlate gestorben ist. Es war vom Wochenbett; sie hat Zwillinge gehabt. Die Zwillinge leben, und sie ist tot. Ich meine, es wäre umgekehrt vielleicht besser gewesen. Wie sagt die Mutter: ›Gott ist ein böser Spielverderber.‹ Deine Schwägerin – sie bleibe fern von mir – war mit mir immer übers Kreuz; sie möge es mir verzeihen, doch sie und ich haben nicht auf derselben Welt gelebt. Was läge mir daran, wenn sie noch hundertundzwanzig Jahre leben würde und nicht sieben Waisenkinder zurückließe, eines kleiner als das andere? Beim Begräbnis war ich natürlich und habe natürlich so viel geweint, daß ich halbtot nach Hause gekommen bin; wie sagt die Mutter: ›Wenn man an den Tod denkt, ist man des Lebens nicht sicher...‹

NEUNTER BRIEF

Menachem Mendel aus Jehupez an seine Frau Scheine-Scheindel in Kasriliwke

Der teuren, edlen, tugendhaften und klugen Ehefrau Scheine-Scheindel meinen Gruß!

Zum ersten sei Dir kundgetan, daß ich – Dank Seinem lieben Namen! – gesund bin und mein Leben das des Friedens; der Herr, gelobt sei Er, möge helfen, daß eines vom anderen nur Gutes höre in guter Botschaft zu Trost und Heil – Amen.

Zum zweiten wisse: Ich bin die ganze Woche in Bobrisk krank gelegen; es war – Gott behüte – nichts Gefährliches, nur ein unangenehmes Unwohlsein: ich bin nämlich auf den Rücken gefallen und konnte mich nicht rühren vor Schmerzen; jetzt geht es mir schon ein wenig besser. Die ganze Woche habe ich geglaubt, ich werde wahnsinnig: denke Dir – acht geschlagene Tage nicht an der Börse sein, keine Kurse kennen! Ich habe gemeint, die Welt geht unter! Aber, so Gott will, fahre ich morgen oder übermorgen schon wieder in die Stadt; indessen schreibe ich Dir einen Brief. Ich will die Dinge ein wenig mit Dir durchbesprechen und Dir genaue Rechnung legen, wie es mit mir steht, damit Du nicht meinst, daß ich flunkere, daß ich – Gott behüte – närrisch bin oder zum Narren gehalten werde. Mein ›Portefeuille‹ besteht jetzt alles in allem aus 150 Stück ›Putilow‹, 100 Stück ›Transport‹, 5 ›Maltzewer‹, 5 ›Liliput‹ und 5 ›Wagen‹ – abgesehen von den ›Promessen‹. Also – ›Putilow‹ und ›Transport‹ habe ich schon für später verkauft (mit drei

Hundertern als Angabe); in dem Augenblick, wo der Käufer sie mir abnimmt – und abnehmen wird er sie doch bestimmt –, bleiben mir als reiner Verdienst nach Abzug aller Spesen etwa vier- bis fünftausend Rubel. Außerdem habe ich einige Dutzend ›Hausseabschlüsse‹ auf ›Putilow‹ und auf ›Maltzewer‹, prima Schlüsse, und ich denke an ihnen so siebzehn–achtzehnhundert Rubel zu verdienen; da hast Du schon zusammen gut siebentausend Rubel. Von den 5 ›Maltzewer‹, die ich bar gekauft habe, erwarte ich, wenn es schlecht geht, viertausend Rubel; denn es wäre doch Schmach und Schande, wenn sie nicht bald wenigstens auf 200 Rubel pro Stück stehen würden, obwohl sie in den letzten Tagen ein klein wenig zurückgegangen sind; doch das ist nichts anderes als ein Manöver der ›Bankmänner‹ in Petersburg, damit sie sich ›decken‹ können. Jetzt bleibt also noch der zweite Teil – ich meine die ›Liliput‹ mitsamt den ›Wagen‹; das gibt eine einfache Rechnung: bis zum ›Ultimo‹ haben wir noch soviel wie achtzehn Tage, und da die ›Liliput‹ um hundert Rubel täglich steigen, so hast du bloß achtzehn mit hundert und mit fünf zu multiplizieren, und das gibt genau neuntausend Rubel. Und die ›Wagen‹? – fragst Du jetzt. Die steigen jeden Tag um hundertfünfzig Rubel. Da hast Du 18 mal 150 mal 5, sind das nicht dreizehntausendfünfhundert Rubel? Und wo bleibt ›Wolga‹? Und ›Dnjepr‹? Und ›Don‹! Und das Aufgeld? Kurz und gut, ich nähe mir ja keinen großen Geldsack, und ich rechne alle Spesen ab: die ›Courtage‹ und ›Ganwentage‹ da und dort und dies und das – und es bleiben nahezu fünfundvierzigtausend! Er, gepriesen sei Sein Name, möge helfen, daß der ›Ultimo‹ glatt abläuft, dann will ich, so Gott will, alle meine Papiere ›realisieren‹ und die Sache ›von der anderen Seite fassen‹. Das heißt: Ich will ›à la baisse‹ gehen und darauf los verkaufen, was nur geht, und Geld verdienen von ›links her‹; dann will ich mich wieder auf ›à la hausse‹ werfen und wieder einmal einen guten Zug tun. So können, wenn der Herr im Himmel hilft, aus den fünfzigtausend auch hunderttausend werden, aus den hunderttausend zweihunderttausend, aus denen fünfhunderttausend und so weiter bis zur Million. Wie wird man anders, Närrchen, ein Millionär, ein Brodzki? Und schließlich: was ist Brodzki? Ein Mensch von Fleisch und Blut, der ißt und trinkt und schläft. Ich habe ihn selbst gesehen, so wahr ich alles Gute sehen will!... Kurzum, Du mache Dir keine Sorgen, meine teure Gattin, ich habe mich gut umgeschaut in der ›Spiegulation‹ und bin auf der Börse schon so gut bewandert, daß man mich, auf Ehre, schon ein paarmal um Rat gefragt hat: mit Gottes Hilfe – ich verstehe das Spiel! Und daß Du mir nicht glaubst und mir rätst, ich soll das aufgeben – davon ist keine Rede. Soll ich es machen wie Hinkes? Es gibt nämlich hier bei uns einen Spiegulanten, der heißt Hinkes. Ein Riesenspekulant und ein schrecklicher Kartenspieler; bei Tag spielt er an der Börse und bei Nacht Karten. Dem ist – vorige Woche erst – folgendes passiert: Er hat bei Nacht von einem schlechten Blatt geträumt – und das bedeutet ›Baisse‹ –; da ist er sofort nach Petersburg und nach Warschau und hat in einem Tag sein ganzes ›Portefeuille‹ realisiert: jetzt rauft der Arme sich natürlich die Haare! Geschieht ihm recht! Warum glaubt er an Träume? Ich kann den morgigen Tag kaum mehr erwarten, damit ich wieder die Kurse nachsehen kann. Ich habe übrigens beschlossen, sofort, wenn ich nur in die Stadt komme, beim Juwelier einzutreten wegen Deiner Brosche samt den Brillantohrringen; und wenn ich nur ein wenig Zeit habe, gehe ich hinunter auf die ›Tuchlauben‹ und kaufe Dir ein wenig Wäsche, Tischtücher und Handtücher und den Kindern Leinen für Hemden und was man sonst im Haushalte braucht. Ich habe Dich nicht, wie Du sagst – Gott behüte – vergessen! Da ich jedoch keine Zeit habe, fasse ich mich kurz. So Gott will, werde ich Dir im nächsten Brief alles genau berichten. Jetzt gebe Gott nur Gesundheit und Glück. Küsse die Kinder und grüß Schwiegervater und Schwiegermutter, jeden besonders herzlich. Und Berl-Benjamin sage in meinem Namen: Er möge sich doch das Unglück nicht so zu Herzen nehmen; ein Weib ist Gottes Gabe: der Herr hat's gegeben, der Herr hat's genommen... von

Deinem Gemahl Menachem Mendel

Richtig: das Wichtigste! Aus dem, was Du mir über Wassilkow schreibst, sehe ich, daß Du gar nicht verstanden hast, was ich meine. Da ich mich eben hier nicht aufhalten darf, will ich ein hiesiger ›Kupec‹ werden, um die Aufenthaltserlaubnis zu haben. Das kann man nur so tun, daß man vorher wenigstens ein halbes Jahr in Wassilkow registriert ist. Und wie ich nur ein Hiesiger bin, miete ich, so Gott will, eine Wohnung auf den ›Tuchlauben‹ und nehme Dich und die Kinder her – zu guter Stunde! Und daß Du solch eine Abneigung gegen Jehupez hast, das kommt daher, daß Du die Stadt noch nicht kennst und die Leute hier; die Stadt – da gibt es nicht viel zu reden – ist ein Schmuckkästchen und die Leute hier – Gold und Silber! Wo kann sich Odessa damit vergleichen? Die Leute hier sind alle wunderbar vornehm und fein, die Männer ebenso wie die Frauen ... Einen kleinen Fehler haben sie: sie lieben ein Spielchen Karten. Wie der Abend kommt, ist alles bei der Arbeit und schreit: ›Ich passe!‹ Die Oberen spielen ein Spiel, das nennen sie ›Preference‹; die Kleineren spielen ›Fuß‹, ›Oko‹ oder gar ›Naschi-waschi‹.

Der Obige

ZEHNTER BRIEF

Scheine-Scheindel aus Kasriliwke an ihren Gatten Menachem Mendel in Jehupez

Dem hochgeehrten, edlen und mächtigen Herrn, dem weisen Kenner der Thora, dem hochgelehrten Reb Menachem Mendel ehrfürchtigen Gruß!

Erstens vermelde ich Dir, daß wir alle, Gott sei Dank, beim besten Wohlsein sind; gebe Gott uns, das gleiche von Dir zu hören fürderhin und nichts Schlimmeres.

Zweitens teile ich Dir mit, mein teurer Gemahl, daß Du – Gott behüte – nichts Schlimmes zu erwarten hast; Dir gebührt ein Glückwunsch: Dein Brüderlein, Dein Berl-Benjamin, hat bereits Hochzeit gehabt – zu guter, glücklicher Stunde! Er hat keine Zeit gehabt, auch nur drei Monate zu warten! Er ist einfach nach Berdyczew gefahren, woher man in der ganzen Welt die Stiefmütter bezieht, und hat für seine Kinder eine Mutter mitgebracht und noch dazu ein Mädel von neunzehn Jahren!

Alle Mannsbilder mögen das Glück haben, wie die aussieht! Wie sagt die Mutter, sie soll leben: ›Besser, daß wir nach Euch Witwen bleiben, als daß Ihr unsere Kinder zu Waisen macht!‹ Ich stelle mir Deine Trauer vor, Mendel, wenn Du mich – Gott behüte – überleben würdest; nicht erleben mögen das die Jehupezer Damen! Sie würden Dich anfallen wie ein Bienenschwarm und es wäre ein Geriß um Dich noch vor den drei Trauermonaten! Und für Dich wäre das, wie die Mutter sagt: ›Ein koscherer Topf mit einem koscheren Löffel!‹ Da könntest Du schon ein Jehupezer bleiben für immer und ewig! Es geht hinauf, sagst Du? Mendel, hinauf, flieg, bis Du den Hals brichst! Ich will zu Dir nicht fahren und wenn ich wüßte, daß Du dort auf dem Totenbett liegst! Und Deine 50000, die machen mir noch keine Angst. Denn erstens gehörst Du mir mit den 50000 ebenso wie ohne die 50000; und zweitens haben bei mir Deine 50000 denselben Wert wie eine Prise Schnupftabak; wie sagt die Mutter, sie soll leben: ›Solange das Geld auf dem Papier ist, ist das – Papier.‹ Ich sage Dir die Wahrheit, mein teurer Gemahl: Wenn Du jetzt ein paar Rubel in der Hand hast und wartest, bis daraus ausgerechnet 50000 werden, so bist Du entweder ein Narr oder ein Räuber und Mörder, welcher kein Erbarmen hat mit seiner Frau (bis hundertzwanzig Jahre!) und mit seinen Kindern. Mir gefällt das, wie der Mann mich mit ›Zukunft‹ füttert: morgen wird er beim Goldschmied sein, morgen wird er mir Wäsche kaufen – alles morgen, Du Tropf! Für morgen soll Gott sorgen! Du kauf nur heute. Greif zu, steck ein; es wird wie gefunden sein! Meine Mutter, sie soll leben, sagt sehr vernünftig, wenn sie sagt: ›Wozu brauchst du, meine Tochter, Geschenke, Tischtücher, Handtücher? Geld‹, sagt sie, ›soll er dir schicken! Der Todesengel‹, sagt sie, ›fragt nicht danach, ob der Leichnam Totenkleider hat.‹ – Ich warte noch ein paar Wochen, bis ich mich ganz gesund fühle; dann setze ich mich auf und fahre, so Gott will, zu Dir dorthin, und dann beneide ich Dich nicht. Ich werde Dir dort auf Schritt und Tritt nachgehen; ich will überall sein. Und ich schwöre es Dir zu, daß Du von dort weg wirst mitten in der Nacht, wie Dir wünscht aus vollster Seele

Deine wahrhaft treue Frau Scheine-Scheindel

ELFTER BRIEF

Menachem Mendel aus Jehupez
an seine Frau Scheine-Scheindel
in Kasriliwke

Der teuren, edlen, tugendhaften und klugen Ehefrau Scheine-Scheindel meinen Gruß!

Zum ersten sei Dir kundgetan, daß ich – Dank Seinem lieben Namen! – gesund bin und mein Leben das des Friedens; der Herr, gelobt sei Er, möge helfen, daß eines vom anderen nur Gutes höre in guter Botschaft zu Trost und Heil – Amen.

Zum zweiten wisse: Finsteres Unglück ist über uns hereingebrochen! Heute sind von Petersburg Kurse gekommen, daß es uns allen schwarz vor den Augen wurde; wie ein Donnerschlag, wie eine Bombe hat es uns getroffen! In allen Börsenkontoren wurde es dunkel, auf dem Börseplatz war es wie bei einem Erdbeben! Und sofort nach Petersburg hat auch Warschau seine Kurse herabgesetzt – und wie! Das war ein Laufen, eine Verwirrung, eine Angst, eine Panik! Die Spiegulanten sitzen alle auf dem Trockenen, und ich mit. Es gibt keine Börse mehr! Die Kontore sind leer, die Bankiers gehen mit Trauermienen herum – es ist eine wahre Tempelzerstörung! Denk Dir, teure Gattin: ›Maltzewer‹, die ich, wenn's schlecht geht, auf 2000 taxiert habe, die haben sich's ganz, ganz anders überlegt und haben einen Sprung hinunter bis 950 gemacht! Oder zum Beispiel ›Putilow‹: Eher hätte ich gedacht, sie werden ganz draufgehen, als daß sie vn 180 auf 67 fallen! Von ›Transport‹ ist nicht erst zu reden: die sind ganz erledigt; kein Mensch rührt sie an! Ebenso ist es mit ›Wolga‹, mit ›Don‹ und mit allen anderen Papieren.

Doch alles das ist noch glänzend gegenüber Warschau. In Warschau ist überhaupt ein Unglück geschehen! Seit die Welt steht, hat es noch kein solches Blutbad gegeben, wie jetzt in Warschau. Warschau fällt es ein, die ›Liliput‹ von 2450 auf 620 zu schmeißen! Und ›Wagen‹! Sie sind so schön, so lieb gestanden. Wir haben alle geglaubt, jetzt, jetzt, kommen sie auf 3000! Und wie hoch, meinst Du wohl, stehen sie heute? Du wirst es sicher nicht erraten: Lumpige 400! Wie gefällt Dir so ein Kurs? Das ist der Weltuntergang! Ach und Weh über Warschau! Ein feiner Ort das: steigen, steigen, und auf einmal – da hast Du die Bescherung! Woher dieses Tohuwabohu kommt, das weiß kein Mensch; der sagt dies, der jenes. Es kommt vom Geld, so heißt es, vielmehr davon, daß kein Geld da ist. Zu deutsch nennt man das ›Geldmangel‹, und wir sagen kurz und bündig ›Dalles‹.

Du wirst natürlich sagen: Was soll das heißen? Geld ist doch erst gestern auf allen Straßen gelegen? Das ist freilich eine schwere Frage! Doch wie dem auch sei: alle Spiegulanten sind abgebrannt und ich mit. Weißt Du, ehrlich gesagt: Wegen Petersburg ärgere ich mich nicht so sehr wie wegen Warschau. Denn Petersburg hat es nicht so arg getrieben: es tut das Seine gemächlich; täglich fällt es dort um zwanzig, höchstens dreißig Rubel; das ist doch sozusagen Kaufmannsbrauch. Aber Warschau – o daß es doch kein Jude kennen würde! Das ist das reinste Sodom. (Gott sei uns gnädig!) Kein Tag vergeht, ohne daß Warschau um hundert fällt, um zweihundert, um dreihundert! So geht es Schlag auf Schlag, und wir alle sind auf dem Boden gelegen, eh wir nur Zeit hatten, uns umzuschauen! Millionen kostet uns dieses Warschau, Millionen! Um Himmels willen! Wo war unser gesunder Menschenverstand? Wie gut wär's, wenn ich auf Dich gehört hätte, meine teure Gemahlin; da könnte ich jetzt der ganzen Welt eine Nase drehen! Brodzki wäre ein Niemand gegen mich! Aber wahrscheinlich ist es Gottes Wille; es ist wohl noch nicht an der Zeit... Ein Glück wenigstens, daß mein Bankier, lange möge er leben, mich nicht um die paar Rubel mahnt, welche ich bei ihm habe anstehen lassen; er hat wohl Mitleid mit mir. Er hat mir versprochen, wenn sich die Zeiten nur ein wenig bessern, mir einige Sachen ›zuzuschanzen‹, daß ich hie und da durch ihn einen Rubel verdienen kann... Doch jetzt ist alles tot. An der Börse siehst Du Leichname, keine Spiegulanten; die Makler laufen herum, die Hände in den leeren Taschen; bittere Zeiten überall; die Spiegulation ist so ganz gestorben –

sagen sie –, daß sie selbst am Jüngsten Tag nicht mehr auferstehen kann; an nichts ist etwas zu verdienen. Hätte ich nur etwas Geld, so könnte ich mich freilich schon irgendwie durchschlagen und die schlechteste Zeit überdauern. Schließlich ist doch, wie man sagt, der Himmel noch nicht eingestürzt, lächerlich! Mein Herz sagt mir, daß es noch zu tun geben wird. Noch lebt Gott und noch steht Jehupez. Geht es nicht mit dem, geht es mit jenem... Doch woher Geld nehmen? Wie sagt Deine Mutter, sie soll leben: ›Wer keine Finger hat, kann keinem eine Nase drehen.‹ Ich habe es bei einigen Leuten mit einem kleinen Darlehen versucht auf kurze Zeit; doch sie haben mir geschworen, daß in der ganzen Stadt Geld jetzt rar ist; und besonders die Großen haben's knapp; sie lassen sich ausziehen, ja, hängen für einen Groschen... Oh, wenn doch Er, Sein Name sei gepriesen, ein Wunder an mir täte: meinetwegen sollen mich Räuber überfallen und erschlagen; oder ich möge plötzlich sterben, mitten auf der Straße; denn, meine teure Gattin, ich kann das alles nicht mehr ertragen! Wie geht das zu? So schön, so glänzend dagestanden! Sozusagen mit vollem Hut und auf einmal – da hast du's! Da ich jedoch sehr stark mitgenommen bin, fasse ich mich kurz. So Gott will, werde ich Dir im nächsten Brief alles ausführlich berichten. Jetzt gebe Gott nur Gesundheit und Glück. Schreibe mir, was die Kinder machen (sie sollen leben), wie es Dir mit der Gesundheit geht und grüß Schwiegervater und Schwiegermutter, jeden besonders, sehr herzlich von

Deinem Gemahl Menachem Mendel

Richtig: das Wichtigste! Es gibt ein Sprichwort: Nach einem Brand wird man reich. Ich meine nun: Nach einer solchen Niederlage, wie sie uns jetzt bereitet worden ist, wird es erst recht möglich sein, glänzende Geschäfte zu machen. Denn alles ist halb umsonst zu kriegen. Heute kannst Du ›Hausseschlüsse‹ und ›Promessen‹ auf die besten Papiere fast ohne Geld haben. Ich prophezeie Dir und könnt es beschwören: Wer jetzt nach Petersburg und Warschau kaufen geht, macht sein Glück! Denn nach meinen Erfahrungen kann ich, ohne mich zu rühmen, sagen, daß ich das Spiel von Grund aus verstehe: zur ›Spiegulation‹ braucht man drei Dinge: Verstand, Glück und Geld. Verstand habe ich, Dank Seinem lieben Namen, mindestens soviel, wie alle hiesigen Spiegulanten zusammen. Glück ist Gottes Gabe. Und Geld? – Geld hat Brodzki.

Der Obige

ZWÖLFTER BRIEF

Scheine-Scheindel aus Kasriliwke an ihren Gatten Menachem Mendel in Jehupez

Dem hochgeehrten, edlen und mächtigen Herrn, dem weisen Kenner der Thora, dem hochgelehrten Reb Menachem Mendel ehrfürchtigen Gruß!

Erstens vermelde ich Dir, daß wir alle, Gott sei Dank, beim besten Wohlsein sind; gebe Gott uns, das gleiche von Dir zu hören fürderhin und nichts Schlimmeres.

Zweitens teile ich Dir mit, mein teurer Gemahl, daß ich Dir eigentlich viel schreiben sollte. Doch es geht nicht; es fehlt mir schon an Stoff. Was wird denn schon herauskommen, wenn ich Dich mit diesem Brief – Gott behüte – lebendig begrabe? Wird es mir denn helfen? Ich bin doch nicht Blime-Zlate, welche eine Vorliebe dafür hat, ›den Mann zu fressen‹; ich werde Dich nicht fressen; ich sage Dir kein böses Wort; meine Zunge soll sich nicht rühren, nur eines möchte ich Dich fragen und – der Teufel hole alle meine Feinde! Sag, Mendel: Habe ich Dir nicht vorausgesagt, daß dies das Ende sein wird? Habe ich Dir nicht die ganze Zeit geschrieben: ›Flieh,‹ – hab ich gesagt – ›flieh, Mendel, wie vor dem Feuer! Wozu brauchst Du Dich‹, hab ich gesagt, ›mit Papierfetzen abzugeben?‹ Wie sagt die Mutter: ›Sitz zu Hause, da zerreißt Du keine Stiefel.‹ Der Mann aber hat nicht auf mich gehört. Er hat sich in dieses Jehupez verliebt! Er ist das Opferlamm der feinen Leute dort – das Opfer mögen sie sein und gar bald, für Dich und für mich und für uns alle und für ganz Israel, daß ich nicht bei ihnen um ein Darlehen betteln muß! Wie sagt die Mutter, sie soll leben: ›Besser eine Bitte tun bei sich als beim besten Menschen ...‹ Und Du, Mendel, Du weißt doch sicher, was in den heiligen Büchern geschrieben steht: ›Mit Schreien kommt der Mensch zur Welt, mit Schreien stirbt er.‹ Was für Dummheiten redest Du zusammen? Alles kommt von Gott; Du siehst ja, wie der Herr der Welt mit Dir verfährt. Du sollst kein Gelüste tragen nach Goldvöglein in Jehupez! Ein Jude muß sich plagen, bis er schwarz wird, und seinem Weibe Brot geben! Da ist Nehemia, gewiß ein anständiger junger Mensch und ein Gelehrter (so will ich leben und gesund sein!). Und da schau zu, wie er sich zerreißt; er fährt auf alle Jahrmärkte, geht sogar zu Fuß hin; wenn's nötig ist, kriecht er unter der Erde und schindet sich wie ein Esel! Mag sein, daß es ihm auch gefiele, mit dem Stock in der Hand sich in Jehupez herumzutreiben, keinen Finger zu rühren, wie Du, auch mit Fetzen zu handeln, wie Du, auch Schlittenpartien nach Bobrisk zu machen und auch den Jehupezer Damen bei dem vornehmen Spiel ›Naschi-Waschi‹ zuzusehen, er hat aber ein ehelich Weib, sie heißt Blime-Zlate. Und wenn Blime-Zlate ihren Nehemia nur anschaut, verschlägt es ihm schon die Rede: er versteht jeden Wink von ihr. Und Gott sollte es ihm einfallen lassen, daß er zum Beispiel von Jarmelinetz zurückkommt, ohne ihr einen Mantel mitgebracht zu haben oder einen Hut oder einen Sonnenschirm (und Leid und allerhand Plagen in ihr Herz, lieber Gott!). Was glaubst Du, was wäre dann? Sie begnügt sich, glaubst Du, auch wie ich damit, daß Du mir jedesmal schreibst: Morgen kaufst Du mir das, bald kaufst Du mir jenes – und bis es dazu kommt, – ist alles beim Teufel! Du glaubst vielleicht, daß ich um Deine Geschenke stehe? Ich brauche sie zum Krenreiben, alle Deine Broschen und Brillanten! Heute nachts ist mir im Traume die Großmutter Zejtel erschienen, sie ruhe in Frieden, genau so, wie bei ihren Lebzeiten, gar nicht verändert. So möchte ich auch schon erleben, Dich zu sehen (in guter Stunde) und das je eher, desto besser. Das wünscht Dir zu Glück und Segen für heute und fürderhin

Deine treue Scheine-Scheindel

III. MAKLER UND MILLIONEN

ERSTER BRIEF

Menachem Mendel aus Jehupez an seine Frau Scheine-Scheindel in Kasriliwke

Der teuren, edlen, tugendhaften und klugen Ehefrau Scheine-Scheindel meinen Gruß!

Zum ersten sei Dir kundgetan, daß ich – Dank Seinem lieben Namen! – gesund bin und mein Leben das des Friedens; der Herr, gelobt sei Er, möge helfen, daß eines vom anderen nur Gutes höre in guter Botschaft zu Trost und Heil – Amen.

Zum zweiten wisse: Ich bin nicht mehr ›Spiegulant‹. Ich habe die ›Spiegulation‹ zum Teufel geworfen; kein Jude möge von ihr etwas wissen! Sie hat mich ausgemergelt wie das Fieber und mich alt und grau gemacht! Ist es denn zu erzählen, was wir hier mitgemacht haben?! Es war das Ende von Jehupez; auf der Börse eine Panik, überall Unglück und Verzweiflung, wie nach einem Krieg; es war noch ärger als damals in Odessa (nicht gedacht sei seiner!). Wir alle waren geschlagen und niedergebügelt. Die Leute haben angefangen, in der Eile zu bankrottieren – und ich mit. Jeden Tag war von einer neuen Pleite zu hören. Pleite wurde geradezu Mode! Was muß ich Dir noch mehr sagen: Große Bankiers, Geldlöwen, haben angefangen, Pleite zu machen. Den Anfang hat der Bankier gemacht, durch welchen wir alle unsere Geschäfte in den Papieren in Petersburg und Warschau hatten besorgen lassen. Eines schönen Tages komme ich am hellen Morgen in sein Kontor; ich hatte nämlich bei ihm einiges stehen von ein paar ›Maltzewer‹ und etlichen ›Putilow‹, da hatte er von mir eine kleine Differenz zu kriegen. Ich frage herum, wo mein Mann steckt. Und da höre ich: Er hat seine Lenden gegürtet – und ist schon längst in Amerika! Kurz und gut, es gab natürlich viel Lärm, sie haben sich sofort an die eiserne Kasse gemacht und dort war zu finden: eine Flasche Tinte und ein alter, abgegriffener Gulden, durchlöchert auch noch! Ein anderer hat in der Kasse ein großes Paket jüdische Kalender vom Jahre 5633 bis zum heutigen Tag zurückgelassen und ist weg – nach Erez-Israel. Ein dritter, ein sehr großer Bankier, hat nicht bankrottiert, sondern er ist einfach mit einigen Millionen in einer Woche fertig geworden und geblieben ist ihm – sein Name. Nur die Brodzki, die sind, wie durch ein Wunder, ganz und unversehrt davongekommen. Da hab ich's ein für allemal gesehen: Wenn es nicht beschieden ist, hilft alle Klugheit nichts! Ein Glück noch, daß ich mich beizeiten umgesehen und auf ein anderes Geschäft geworfen habe. Ein ehrsames, anständiges Geschäft. Ich bin nämlich jetzt ein Makler, ganz einfach ein Makler hier in Jehupez an der Börse. Makler gibt es in Jehupez unbe-rufen so viele wie Sterne am Himmel; bin ich schlechter als sie? Ich habe schließlich auch Hände und Füße, eine Nase und zwei Augen wie alle Juden; und so vornehme Leute wie ich gibt es hier übergenug und es tut ihnen gar nichts, den Stecken zur Hand zu nehmen und Makler zu sein. Und die großartigen Kenntnisse, welche man dazu braucht! Wenn man nur lügen kann und dazu ein Stück Frechling ist, kann man schon Makler sein. Im Gegenteil: Je größer der Lügner, je ärger der Frechling, desto besser der Makler. Du kannst es mir glauben: Es gibt hier in Je-hupez Makler, bei denen hätte es in Kasriliwke gerade noch gelangt, um Belfer oder Fuhrleute zu werden; sie können kaum ordentlich schreiben; und – Du siehst doch; wie sagt Deine Mutter: ›Wenn Gott will, schießt ein Besen.‹ Man muß nur ein weißes Hemd und einen schönen Hut anziehen, herumkriechen, herumspüren, ein Wort auffangen, einen Satz – ein Sprung dazu und – ›bitte um die Provision!‹ ›Provision‹ heißt das Maklergeld, so wie bei Euch das Geld fürs Schächten. Oh, es ist ein süßer Groschen, so eine ›Provision‹! Verdient ohne Kopfzerbrechen und ohne Herzweh! Gerade gestern erst habe ich einen Fünfziger Provision eingesteckt und ich will mein Lebtag zusammen mit Dir so von einem Unglück wissen, wie ich weiß, wofür! Ich habe zehntausend Pud Zucker verkauft, es hat nicht so lang gedauert, wie man eine Zigarette ausraucht; vielmehr: verkauft haben ihn andere, ich bin inmitten hineingesprungen. Kurz und gut, ich habe mit Gottes Hilfe einen Fünfziger erwischt! Wenn Gott hilft und das geht so ein halbes Jahr lang, dann komme ich bald wieder auf die Füße zu stehen und werde, was ich gewesen. Denn Du mußt wissen: Bei uns in Jehupez spielt das Geld die größte Rolle; der Mensch selbst gilt keinen Pfifferling; von Vornehmheit will man hier nichts hören; Du magst sein, wer und was Du willst und welcher Abkunft immer – wenn Du nur Geld hast! Doch da ich sehr beschäftigt bin und keine Zeit habe, fasse ich mich kurz. So Gott will, werde ich Dir im nächsten Brief alles ausführlich berichten. Jetzt gebe Gott nur Gesundheit und Glück. Grüß die Kinder, sie sollen leben, und Schwiegervater und Schwiegermutter und jeden einzelnen sehr herzlich von

Deinem Gemahl Menachem Mendel

Richtig: das Wichtigste! Schreibe mir – ich bitte Dich sehr darum –, was es bei Euch Neues gibt, ob es regnet und was die Rüben machen und ob es viele Käfer gibt. Ich muß das sehr genau wissen, je eher, desto besser.

Der Obige

ZWEITER BRIEF

Scheine-Scheindel aus Kasriliwke
an ihren Gatten Menachem Mendel
in Jehupez

Dem hochgeehrten, edlen und mächtigen Herrn, dem weisen Kenner der Thora, dem hochgelehrten Reb Menachem Mendel ehrfürchtigen Gruß!

Erstens vermelde ich Dir, daß wir alle, Gott sei Dank, beim besten Wohlsein sind; gebe Gott uns, das gleiche von Dir zu hören fürderhin und nie Schlimmeres.

Zweitens teile ich Dir mit, Du Freude meines Lebens (oh, die Cholera und schlimmer Tod auf meine Feinde), Du Mörder, Du Titus, Du Räuber: Du weißt, daß Deine Frau todkrank gelegen ist nach der ›Reparatur‹, welche mir der liebe Doktor angetan hat (Deinen Jehupezer Narren sei's gesagt!). Ich schleppe kaum meine Füße; und Deine Kinder, mit ihnen habe ich Müh und Plage, mit Zähnen bald, bald mit dem Hals, bald mit dem Bauch – Diphtherie und allerhand Krankheit und Unglück (aufs Haupt meiner Feinde). Und da schweigt der Mann so lange Zeit und schreibt keine Zeile?! Entweder – oder: Bist Du gestorben – schreib es; lebst Du aber noch, so hast Du erst recht zu schreiben! Doch was nützt das Reden, wenn einer verrückt ist! Wie sagt meine Mutter, sie möge leben und gesund sein: ›Eher wird ein Säufer nüchtern, als ein Narr vernünftig.‹ Stell Dir das doch einmal vor: Scheine-Scheindel, Baruch Herschs und Leah-Dwosses Tochter hat einen Mann, der Makler ist! Doch es ist immer dasselbe Lied: Makler, sogar Brezelverkäufer oder Hundefänger – aber in Jehupez (die Erde möge es verschlingen)! Heute schreibst Du mir, daß Du einen Fünfziger verdient hast bei Deinem schönen Geschäft und Du hoffst, so alle Tage einen Fünfziger zu erwischen. Mendel, nicht jeden Montag ist Purim! Du glaubst, daß dies das frühere Odessaer ›London‹ ist mit den ›Papieren‹ und den ›Liliputanern‹ und all Deinen übrigen glücklichen Geschäften, die mir noch bis heute im Magen liegen? Du Narr, Du wirst Dir noch fünfzigmal die Augen aus dem Kopf kegeln, ehe Du erleben wirst, den zweiten Fünfziger zu sehen! Außerdem glaube ich im Grunde überhaupt nicht an die Jehupezer großen Gewinne, welche immer mit großen Glücksfällen anfangen und zum Schluß zu Wasser werden. Und da Du mir schreibst, daß Du froh bist, Du seist nicht verrückt geworden, so sage ich Dir: Aus Deinen Worten sehe ich das nicht; Du führst ganz sonderbare Reden!

Du fragst nach Rüben und ob es bei uns regnet. Was willst Du eigentlich: soll es im Sommer meterhoch Schnee geben? Und seit wann kümmert sich ein Mann um Rüben? Wo gibt es jetzt überhaupt Rüben? Bei uns kocht man jetzt Suppe aus Fleischbrühe oder aus Graupen, Rüben gibt es erst um die Sukkothzeit! Und was hast Du nach Käfern zu fragen? Kriechen Dir Käfer im

Hirn? Käfer! Gar keine anderen Sorgen hast Du? Wir haben genug an unseren Wanzen, noch Käfer brauchen wir! Nun frage ich Dich: In Jehupez sitzt Du, in Zucker machst Du, Fünfziger sackst Du ein – jetzt fehlt Dir nichts, als nur Rüben, Regen und Käfer!? Du bist jetzt wohl ein Kenner in solchen Dingen geworden? Die Mutter, sie möge leben und gesund sein, sagt sehr richtig: ›Ein Narr zerschlägt immer fremde Fenster, nie die eigenen...‹ Hör auf mich, Mendel: Laß die Narrheiten und wenn Du noch etwas von dem Fünfziger hast, so pack Dich zusammen und fahr nach Hause; hast Du aber nichts mehr, so will ich Dir Reisegeld schicken. Erinnere Dich daran, daß Du eine Frau hast (bis hundertundzwanzig Jahre) und kleine Kinder, welche Tag um Tag Dich erwarten. Einmal müssen doch die Leute aufhören, mich in ihren Mäulern zu führen und einmal muß doch mein Gesicht aufhören, in Scham zu erglühen! So wünscht Dir viel Gutes und andauernd Glück

Deine wahrhaft treue Frau Scheine-Scheindel

Ja – warum fragst Du denn gar nicht, was es zu Hause Neues gibt? Es interessiert Dich wahrscheinlich nicht, daß meine Mutter die Verlobung meiner Schwester aufgehoben hat? Du glaubst wahrscheinlich, daß die Sache des Geldes wegen auseinander ist. Geld spielt da die kleinste Rolle; entstanden ist das dadurch, daß der Vater des Bräutigams zum letzten Sabbat hier war. Und die Mutter hat mit ihm ein kleines Wortgefecht gehabt. Sie hat ihm zu verstehen gegeben, daß er von Bettelleuten abstammt, hat ein Sprichwort hingeworfen, daß man von einem Ochsen nichts anderes verlangen kann als Ochsenfleisch, und so ähnliche Anzüglichkeiten. Und wie er wieder nach Hause gekommen ist (der Teufel möge ihn holen), hat er den Verlobungsvertrag zurückgeschickt und so ist leider meine Nechome zum dritten Mal nicht mehr Braut und wieder ein Mädchen.

DRITTER BRIEF

Menachem Mendel aus Jehupez an seine Frau Scheine-Scheindel in Kasriliwke

Der teuren, edlen, tugendhaften und klugen Ehefrau Scheine-Scheindel meinen Gruß!

Zum ersten sei Dir kundgetan, daß ich – Dank Seinem lieben Namen! – gesund bin und mein Leben das des Friedens; der Herr, gelobt sei Er, möge helfen, daß eines vom anderen nur Gutes höre in guter Botschaft zu Trost und Heil – Amen.

Zum zweiten wisse: Du hast nicht ordentlich begriffen, was ich Dir geschrieben habe. Mach Dir nur keine Sorge darüber, daß ich aus einem Spiegulanten ein Makler geworden bin; auch das ist zum Guten. Ich bin nicht der einzige dieser Art in Jehupez. Es gibt bei uns unberufen eine Menge Makler, Makler in Zucker, Makler in Aktien, Makler in Brot, Makler in Geld, in Häusern, in Gütern, in Wäldern, in Maschinen, in Werkzeugen, in Holzpflöcken, in Fabriken, in Raffinerien, in Bahnen, – in allem, was Dein Mund aussprechen kann und was Dein Herz begehrt, gibt es hier Makler ... Es wird hier kein Geschäft, auch das kleinste nicht, ohne einen Makler gemacht. Und ein Makler kommt zum anderen; denn der hat einen Käufer und jener einen Verkäufer, und so werden sie gepaart. Oft kommt es vor, daß an einen Makler sich zwei oder drei Makler anhängen; dann teilen sie die ›Provision‹. Und wenn sie sich über die Arbeit nicht einigen können, dann geben sie die Sache anderen Leuten zur Entscheidung oder sie tun das, was man in Odessa in solchen Fällen tut: es wird mit Ohrfeigen ›ausgeglichen‹... Jetzt verstehst Du hoffentlich schon die Grundlagen der Maklerei?! Die größten Makler aber unter allen sind die Zuckermakler; denn da aller Zucker durch ihre Hand geht, verdienen sie ein Heidengeld, fahren in eigenen Kaleschen, sitzen in Sommervillen in Bobrisk, spielen Karten und halten sich ›Balletteusen‹ und ›Schandeusen‹... Kurz und gut, ich habe es heraus, daß Maklerei das beste Geschäft ist; denn was hat ein Makler zu riskieren? Habe ich's getroffen, so wird's der andere verdienen; wenn nicht, können wir beide uns begraben lassen! Das muß ich zugeben: Recht hast Du; nicht täglich erwischt man Fünfziger. Ich habe seit dem ersten Geschäft bis heute nicht einen roten Heller verdient, und der Fünfziger ist bald zerronnen, Gott weiß wie. Vor allem war ich verschuldet gewesen, daß beinahe die Haare nicht mehr mir gehört haben; ein paar Rubel habe ich verborgt, und so sitze ich schon wieder auf dem trockenen. Doch was tut das? Ich hoffe, so Gott will, mit des Herrn Hilfe gar bald ein Geschäft zu machen; da will ich Dir einige Rubel durch die Post schicken. Und daß ich Dich frage, ob es regnet, ist doch ganz einfach: Zucker, Du verstehst doch, macht man aus

Rüben, und Rüben brauchen Regen, sonst wachsen sie nicht. Deshalb frage ich Dich, ob es bei uns regnet. Möge Gott nur geben, daß kein Regen fällt und daß Käfer die Rüben bei Stumpf und Stiel auffressen; denn wenn es keine Rüben geben wird, wird es keinen Zucker geben und wenn es keinen Zucker gibt, wird man Zukker mit Gold aufwiegen; da werden die ›Spiegulanten‹ Geschäfte machen und die Makler schweres Geld verdienen und ich mit. Da ich jedoch sehr beschäftigt bin und keine Zeit habe, fasse ich mich kurz. Jetzt gebe Gott nur Gesundheit und Glück. Grüß die Kinder und jeden einzeln gar herzlich von

Deinem Gemahl Menachem Mendel

Richtig: das Wichtigste! Was Du wegen Deiner Schwester schreibst, daß sie nicht mehr Braut ist, – ich hätte für sie einen Bräutigam, ein Prachtstück! Er ist von hier und ein Junggeselle, freilich nicht mehr der jüngste, aber so gerade in den rechten Jahren; der Bart ist etwas grau. Ein Millionär ist er nicht. Aber er hat einen Erwerb in den Händen; er ist nämlich Makler und macht in Zucker. Diese Heirat wäre für sie ganz ausgezeichnet; der junge Mann ist ein sehr sanfter, verträglicher Mensch. Wenn Dir die Sache eingeht, so telegraphiere mir oder schreibe expreß und ich will die Zusammenkunft durchführen.

Der Obige

VIERTER BRIEF

Scheine-Scheindel aus Kasriliwke an ihren Gatten Menachem Mendel in Jehupez

Dem hochgeehrten, edlen und mächtigen Herrn, dem weisen Kenner der Thora, dem hochgelehrten Reb Menachem Mendel ehrfürchtigen Gruß!

Erstens vermelde ich Dir, daß wir alle, Gott sei Dank, beim besten Wohlsein sind; gebe Gott uns, das gleiche von Dir zu hören fürderhin und nichts Schlimmeres.

Zweitens teile ich Dir mit, daß mir gestern und heute in der Nacht Dinge geträumt haben, wie sie an allen meinen Feinden sich erfüllen mögen! Und was Du schreibst, ist einfach großartig: – Wenn es nicht regnet, wird es keine Rüben geben, und wenn es keine Rüben gibt, wird es keinen Zucker geben, und wenn es keinen Zucker gibt, wird der Mann Geld verdienen; das ist genau die Geschichte vom Fell des Bären! Und wie wird es sein, Mendel, wenn ich Dir nun melde, daß bei uns sich tagtäglich eine wahre Sündflut vom Himmel gießt, daß die Rüben turmhoch wachsen und daß es bei uns gar keine Käfer gibt, außer Wanzen und Schaben: Ist Dir jetzt leichter ums Herz? Gott möge mir so helfen, wie ich im voraus gewußt habe, daß Du von dem Fünfziger nur noch den Nachgeschmack hast und keinen Groschen. Ich habe im voraus gewußt, daß Du eher die paar Rubel auf Borg in alle Winde verstreuen wirst, statt daß Du Dich erinnerst, daß Du eine Frau hast (bis hundertzwanzig Jahre!). Borgen? Mein Leid und mein Unglück tät ich ihnen borgen! Du wirst sehen: Wenn Du einmal zu ihnen um ein Darlehen kommen wirst, da wird keiner zu Hause sein. Wie sagt die Mutter: ›Ein Nemirower ist kein Gebirower, und die Freundschaft reicht bis zur Tasche...‹ Doch wer ist an allem schuld? Ich selbst! Nur ich! Einem Mann so in allem nachzugeben! Er weiß schon nicht mehr, was er tun soll vor Übermut! In dem Jehupez spaziert er herum wie ein Graf, nichts fehlt ihm außer Regen und Käfer, und ich sitze da wie ein Hund, und auf Schritt und Tritt verfolgt mich Unglück über Unglück. Da läuft ein Kind, Mojsche-Herschele (brennen soll er!), fällt hin und zerschlägt sich die Lippe; da hab ich einen einzigen Ring, mit Rauten, – die Magd stiehlt ihn mir. So geht es von allen Seiten; wie sagt die Mutter: ›Wenn das Glück anfängt, werden alle Töpfe voll!...‹ Sag, Mendel: Hatt ich nicht recht, daß nicht alle Montag Purim ist und die Fünfziger nicht auf der Straße herumliegen? Und die vornehme Heirat, die Du mir für meine Nechome-Brajndel vorschlägst, – der mag dort sitzen bleiben in seinem ganzen Jammer, Dein alter Junggeselle mit grauem Bart; das wird Jehupez nicht erleben, daß unsere Familie einen von dort heiratet! Man redet Nechome schon eine neue Heirat; und weißt Du, wen? Ihren ersten Bräutigam; er hat sich von seiner ersten Frau scheiden lassen und jetzt freit er wieder meine Schwester. Sie gefällt ihm offenbar sehr gut, dem Scharlatan! Wie sagt die Mutter: ›Besser einen Dieb von daheim, eh einen Rabbi aus der Fremde...‹ Wenn diese Ehe zustande kommt, so wird schnell Hochzeit gemacht und da will ich sehen, ob Du nicht zu Nechome-Brajndels Hochzeit kommen wirst! So wünscht Dir viel Gutes und andauernd Glück

Deine wahrhaft treue Frau Scheine-Scheindel

Unser Koppel hat wieder einmal umgeschmissen; an die dreihundert Rubel ist er schuldig geblieben und hat jetzt wieder Kredit in der Stadt. Und Berl, den Sohn des Vetters Menasche, hat wieder einmal ein Unglück getroffen: er ist abgebrannt mit einem Schaden von vielleicht dritthalbhundert Rubel; ich glaube aber, daß das der letzte Brand bei uns in der Stadt war. Denn es geht das Gerücht, daß die Versicherungsgesellschaft ›Jaker‹ aufhört, jüdische Häuser und jüdische Läden in Kasriliwke zu versichern. Und Mirl-Bejle hat sich überlegt, daß sie eigentlich keine Perücke braucht und geht jetzt in ihrem eigenen Haar; sie tut es den Schwiegertöchtern unseres reichen Motel nach – der Teufel soll sie holen! –, welche mit jungen Leuten Karten spielen. Doch es ist nicht meine Sache, über andere zu reden; wie sagt die Mutter: ›Denk an dich, so vergißt du jenen…‹ Und schreibe mir um Himmels willen: Was heißt das ›Balleteusen‹ und ›Schandeusen‹; was ist das und wozu braucht man das?

FÜNFTER BRIEF

Menachem Mendel aus Jehupez
an seine Frau Scheine-Scheindel
in Kasriliwke

Der teuren, edlen, tugendhaften und klugen Ehefrau Scheine-Scheindel meinen Gruß!

Zum ersten sei Dir kundgetan, daß ich – Dank Seinem lieben Namen! – gesund bin und mein Leben das des Friedens; der Herr, gelobt sei Er, möge helfen, daß eines vom anderen nur Gutes höre in guter Botschaft zu Trost und Heil – Amen.

Zum zweiten wisse: Du hast es getroffen; das Zuckergeschäft ist wirklich kein Geschäft für mich; erstens ist gegen die großen Zuckermakler nicht aufzukommen; sowie Du Dich nur rührst, schon ist der größte von allen Zuckermaklern da und schnappt Dir das Geschäft fort, obwohl er doch schon ein reicher Mann ist; was kannst Du tun? Ihn vor Gericht zitieren? Du fragst natürlich sofort: Wie kann das sein? Wo ist da die Gerechtigkeit? Du mußt wissen, daß es solche Fragen in Jehupez nicht gibt; Gerechtigkeit ist hier keine gültige Münze; ›Rücksicht‹ und ›Mitleid‹ kennt man da nicht; das ist einmal verlorengegangen und weg für immer. Zweitens aber frage ich Dich: Ist das eine rechte Beschäftigung, das Zuckergeschäft, wo man Tag und Nacht auf den Himmel schauen muß und einen Tag Gott bitten, daß es regne, den anderen, daß es nicht regne? Kurz und gut, ich habe erkannt, daß das kein Geschäft für mich ist; man muß dazu ein großer Frechling sein, mit dem größten Abschaum Freundschaft schließen, in den Käufer hineinreden, daß er nicht ein und nicht aus weiß, so lange in ihn hineinreden, bis ihm übel wird zuzuhören und kalter Schweiß ihm auf die Stirne tritt... Gott aber ist mein Zeuge, daß ich das alles nicht vermag; ich verdiene gern meinen Rubel ehrsam und gelassen. Mit Gottes Hilfe habe ich jetzt ein Geschäft in Händen, davon weiß ich, daß es ein Geschäft ist; ich gehe nämlich um Geld herum, ich mache Anleihen, Skonti, das heißt, ich leihe und verleihe Geld gegen Wechsel und das mit gutbürgerlichen Zinsen, wie es heißt ›Weniger verdienen, um besser zu schlafen.‹ Das ist ein Geschäft, bei dem man Dich überall mit Achtung ansieht; denn, wenn einer klingende Münze braucht, wird er weich wie Butter, verschwindet beinahe in der Erde vor Ehrfurcht und verspricht dem Makler goldene Berge... Gerade hat Gott mir einen zugeschickt, aus Berditschew; ich habe ihn in dem Gasthof kennengelernt, wo ich wohne, – ein ganz außergewöhnlicher junger Mann von goldenem Charakter. Er verspricht mir, wenn ich ihm hier einen Kredit von zehn-, fünfzehntausend Rubeln beschaffe, mich so zu entlohnen, daß ich mir ersparen kann, noch weiter Makler zu sein... Bisher freilich habe ich ihm noch kein Geld beschafft, doch ich hoffe zu Gott, so Gott will, mit Gottes Hilfe gewiß Geld zu bekommen... Alle Makler, welche hier mit Geld zu tun haben, machen ihr Glück, fahren mit eigenen Wagen und Pferden. Ein eigenes Gespann, mußt Du wissen, gehört zu dem Geschäft; hier in Jehupez hat man vor einem schönen Wagen und Pferd weit mehr Achtung als vor einem Menschen... Doch da ich sehr beschäftigt bin und keine Zeit habe, fasse ich mich kurz. So Gott will, werde ich Dir im nächsten Brief alles genau berichten. Jetzt gebe Gott nur Gesundheit und Glück. Grüß die Kinder und Schwiegervater und Schwiegermutter, jeden besonders herzlich von

Deinem Gemahl Menachem Mendel

Richtig: das Wichtigste! Was Du von Koppels Umschmiß schreibst, heißt gar nichts gegen die hiesigen Umschmisse! Ein Kaufmann, der noch nicht dreimal Pleite gemacht hat, heißt hier kein Kaufmann. Früher war es hier Mode, daß einer, der umgeschmissen hat, verschwinden muß; jetzt hat diese Mode schon aufgehört. Hier nennt man das gar nicht ›umschmeißen‹; sie sagen, ›er zahlt nicht‹; das heißt, er will nicht zahlen und wenn Du mich Fips nennst! – Und was Du fragst nach der Bedeutung von ›Balletteusen und Schandeusen‹, – das sind die ›Kebsweiber‹ der Bibel. Doch Du kannst mir glauben, auf Ehre: das sind Dinge, um die ich mich nicht kümmere... Der Obige

SECHSTER BRIEF

Scheine-Scheindel aus Kasriliwke an ihren Gatten Menachem Mendel in Jehupez

Dem hochgeehrten, edlen und mächtigen Herrn, dem weisen Kenner der Thora, dem hochgelehrten Reb Menachem Mendel ehrfürchtigen Gruß!

Erstens vermelde ich Dir, daß wir alle, Gott sei Dank, beim besten Wohlsein sind; gebe Gott uns, das gleiche von Dir zu hören fürderhin und nichts Schlimmeres.

Zweitens teile ich Dir mit, daß ich von Deinen süßen Briefen, so wahr ich lebe, eine ›Herzschwellung‹ habe; anschwellen mögen meine Feinde berghoch! Vor kurzem erst warst Du, glaube ich, ein Zuckermacher; jetzt bist Du auf einmal ein Geldverleiher, – woher hast Du Geld genommen? Und wenn Gott Dir wirklich einmal zu ein paar Rubel verholfen hat, mußt Du sie sofort in alle Winde verstreuen? Du hast mir doch selbst erst vor nicht langer Zeit geschrieben, daß Du das erste bißchen Geld, zu welchem Du kommst, mir sofort durch die

Post schickst. Wo ist das Versprechen? Doch die Mutter, sie soll leben und gesund sein, hat wahrhaftig recht; sie sagt: ›Liebe Tochter, auf Geld von dort warte nicht; denn‹, sagt sie, ›vom Friedhof trägt man nichts zurück und besonders‹, sagt sie, ›von der schönen, lieben Stadt Jehupez; brennen möge sie! Ich habe dir schon längst‹, sagt sie, ›das Sprichwort gesagt: Gott schütze mich vor Berditschewer Reichen, vor Uminer Chassidim, vor Konstantyner Dienstboten, vor Mohilewer Aufgeklärten, vor Jehupezer Hurern...‹ Sag, Mendel, hat die Mutter nicht recht? Doch was schert ihn Weib und Kind? Und Tag und Nacht bald das, bald jenes; nicht genug, was wir auszustehen hatten vor einem Jahre (nicht denken soll man daran!) mit der Kopeke, welche Mojsche-Herschele, wie wir meinten, verschluckt hat, – da denkt er diese Woche etwas Neues aus (das ist ein böser Geist, kein Kind!) und ist schon halb auf der anderen Welt. Das Kind war immer gesund und kräftig! Plötzlich sehe ich: das Kind ist kein rechtes Kind; es hält den Kopf nach einer Seite hin und schreit wie am Spieß. »Was ist Dir, mein Goldkindchen, sag, was tut Dir weh?« Er deutet mit dem Händchen nach dem linken Ohr und schreit; ich küsse ihn, ich würge ihn, ich streichle ihn, ich prügle ihn, – er schreit unaufhörlich. Erst am dritten Tag habe ich den Doktor geholt und er fragt mich, der Obergescheite, ob ich dem Kind ins Ohr hineingeschaut habe?! Ich antworte: »Nicht nur geschaut, ich habe schon mit einer Haarnadel herumgestochert, doch es ist nichts zu sehen!« Da fragt er mich, was wir am letzten Sabbat gegessen haben! Ich antworte: »Was essen Juden am Sabbat? – Rettich, Zwiebel, Kugel

– was wollt Ihr noch?« Da sagt er: »Haben Sie nicht Bohnen oder Erbsen oder etwas Ähnliches gekocht?« Ich antworte: »Großartig! Wenn wir Erbsen gegessen haben, so muß das Kind den Kopf nach einer Seite halten und schreien?« Da sagt er: »Wenn Erbsen im Zimmer waren, so hat das Kind wahrscheinlich mit rohen Erbsen gespielt und im Spiel eine Erbse ins Ohr gesteckt und die Erbse hat nun im Ohre angefangen zu keimen und zu wachsen...« Kurz und gut, er hat eine verrückte Maschine mitgebracht, hat das Kind eine halbe Stunde geplagt und aus dem Ohr eine beinahe ausgewachsene Erbsenranke herausgezogen! Das ist die Geschichte; ist das nicht genug? Die ganze Welt frißt angesetzte Erbsen und es geschieht nichts; und bei mir müssen sich Wunder zutragen! Wie sagt die Mutter, sie soll leben: ›Ein Pechvogel fällt aufs Gras und zerschlägt sich die Nase.‹ Darum, mein teurer Gatte, wozu brauchst Du Geldgeschäfte? Wozu mußt Du mit Berditschewer Schwindlern und Pleitegängern zu tun haben? Steck lieber die paar Rubel ein und komm nach Hause. Du wirst auch hier ein Geschäft finden. Wie sagt die Mutter: ›Für Geld kriegt man alles, außer Fieber.‹ So wünscht Dir viel Gutes und andauernd Glück

Deine wahrhaft treue Frau Scheine-Scheindel

Um eines bitte ich Dich noch, Mendel: Schreibe mir nicht von Deinen Jehupezer Scharlatanen mit ihren Kebsweibern – ich will nicht einmal ihre unreinen Namen hören. Sie mögen ausgelöscht werden wie böses Feuer! Hör lieber zu, was für eine Geschichte sich bei uns zugetragen hat: Levi, Mojsche-Arons nettes Söhnchen,

Boris wird er gerufen nach seinem Großvater Reb Berisch, er ruhe in Frieden, – dieser Boris, ein feines Früchtel, kommt diese Woche mit zwei Schamoßim ins Geschäft zu Libe, Mojsche-Mordechais Tochter und läßt sich Libes Tochter Feigele rufen (›Fannitschka‹ hat sie sich selbst benannt!). »Fannitschka, meine Seele, zeig mir einen Finger!« Fannitschka überlegt nicht lange und zeigt ihm einen Finger: und er zieht ihr einen Ring an und ruft den Schamoßim zu: »Meine Herren, ihr seid Zeugen, daß ich mich ihr verlobt habe nach dem Gesetz!« Natürlich gab's Geschrei, Lärm und Getümmel. Libe ist in Ohnmacht gefallen, die ganze Stadt hat sich versammelt, die Leute haben sich in die Sache hineingemischt, es kam vor den Rabbi. Der Rabbi sagt, daß der Lump ihr einen Scheidebrief geben muß; da sagt aber Fannitschka, daß sie keinen Scheidebrief will; sie hat sich ihm schon lange versprochen. Das ist also eine Liebschaft zwischen ihnen und die ganze Sache war längst abgekartet. – Was sagst Du zu diesen Leuten? Soll nicht all mein Unglück auf ihren Kopf fallen?

SIEBENTER BRIEF

Menachem Mendel aus Jehupez
an seine Frau Scheine-Scheindel
in Kasriliwke

Der teuren, edlen, tugendhaften und klugen Ehefrau Scheine-Scheindel meinen Gruß!

Zum ersten sei Dir kundgetan, daß ich – Dank Seinem lieben Namen! – gesund bin und mein Leben das des

Friedens; der Herr, gelobt sei Er, möge helfen, daß eines vom anderen nur Gutes höre in guter Botschaft zu Trost und Heil – Amen.

Zum zweiten wisse: Das Geldgeschäft ist ein Armeleutegeschäft. Darlehen sind wohl keine üble Sache, aber nur, wenn Gott mit eigenem Geld hilft, nicht mit fremdem; da läuft und läuft man, und alle Mühe ist umsonst! Ach und Weh über den, welcher mit den hiesigen Geldverleihern zu tun haben muß, mit all den Berditschewer und Wiznitzer Wucherern, die emporwachsen ohne Regen wie Unkraut... Und gar die Großen, die Bankiers! Eh zu denen gehen, ist es besser, zu Hause zu sitzen und ›Kupons‹ zu schneiden... Kurz und gut, ich pfeife auf das Geldgeschäft und habe mich auf Häuser verlegt. Und warum gerade auf Häuser? Weil hier in Jehupez eine neue ›Spiegulation‹ aufgekommen ist – Häuser. Du glaubst vielleicht, daß man hier in Jehupez ein Wohnhaus kauft genau so wie bei Euch in Kasriliwke? Da bist Du im Irrtum. Wenn man hier in Jehupez ein Wohnhaus kauft, so trägt man es sofort in eine Bank und nimmt dafür Geld, dann versetzt man es und nimmt noch einmal Geld. Kurz und gut, man kauft ein Wohnhaus ohne einen Groschen Geld und wird – zu Glück und Segen – Hausherr. Da wirst Du fragen: Wenn das so geht, kann doch jeder Hausherr sein? Da ist die Antwort: Woher nimmt man das Geld auf die Zinsen?... Freilich, wenn Gott mir hilft und ich das Geschäft zustande bringe, um das ich mich jetzt bemühe (ich bin gerade dabei, ein paar Häuser abzuschließen), so kaufe ich mir selbst ein Häuschen (auf Deinen Namen) für ungefähr zwanzigtausend und lege darin keinen zerbrochenen Heller an; denn da hast Du die Rechnung von Grund auf: 15000 gibt mir die Bank, 6000 nehme ich als zweite Hypothek auf, also – bleiben mir nicht noch rund 1000 Rubel? So habe ich schon Reisezuschuß; abgesehen von Mietzins und Wertsteigerung. Woher, glaubst Du, wird man reich in Jehupez? Doch da ich sehr beschäftigt bin und keine Zeit habe, fasse ich mich kurz; so Gott will, werde ich Dir im nächsten Brief alles genau berichten. Jetzt gebe Gott nur Gesundheit und Glück. Grüß die Kinder und jeden besonders gar herzlich von

Deinem Gemahl Menachem Mendel

Richtig: das Wichtigste! Die Sache von Levi, Mojsche-Arons Sohn, die Du mir berichtest, daß er selbst sich verlobt hat mit Libes Tochter, ist für mich nichts Besonderes. Hier in Jehupez ist eine Liebschaft eine ganz gewöhnliche Erscheinung. Bräutigam und Braut müssen vorher eine Liebschaft gehabt haben, sonst ist die Heirat keine ordentliche Heirat. Hier kommt es oft vor, daß ein Mann seiner Frau den Laufpaß gibt und sich in die Frau eines anderen verliebt, oder eine Frau gibt ihrem Mann den Laufpaß und verliebt sich in den Mann einer anderen, und das Weib dieses Mannes verliebt sich in den Mann jenes Weibes dieses Mannes; – ich meine: dieses Weibes jenes Mannes; es verdrehen sich einem die Beziehungen, her und hin und hin und her... 's ist eben nicht Kasriliwke, es ist Jehupez.

Der Obige

ACHTER BRIEF

Scheine-Scheindel aus Kasriliwke an ihren Gatten Menachem Mendel in Jehupez

Dem hochgeehrten, edlen und mächtigen Herrn, dem weisen Kenner der Thora, dem hochgelehrten Reb Menachem Mendel ehrfürchtigen Gruß!

Erstens vermelde ich Dir, daß wir alle, Gott sei Dank, beim besten Wohlsein sind; gebe Gott uns, das gleiche von Dir zu hören fürderhin und nichts Schlimmeres.

Zweitens teile ich Dir mit: Wo hat man das gehört auf der Welt, daß ein junger Mann Weib und Kind, Schwiegervater und Schwiegermutter sitzenläßt und in eine fremde Stadt geht und sich dort jeden Tag mit einem anderen Geschäft befaßt: bald ist er Zuckermacher, bald Geldverleiher und jetzt wird er gar Hausherr eines eigenen gemauerten Hauses ohne einen Groschen Geld. Ein schöner Lebensunterhalt, so wahr ich lebe! Statt ein Wohnhaus zu haben und darauf mehr Schulden zu haben, als es wert ist, ist es gescheiter, es verbrennt zu Asche samt allen Häusern in Jehupez. Ein Glück für mich: wenn der Mann ein Geschäft machen und Geld verdienen wird, da wird er mir ein Häuschen auf meinen Namen kaufen! Wozu brauche ich Häuser? Du schick mir lieber Geld; ich werde schon wissen, was ich mir davon kaufen soll; wie sagt die Mutter, sie soll leben und gesund sein: ›Gib mir nur das Brot, ein Messer werde ich dazu schon finden …‹ Doch das ist ein böses Mißgeschick: es muß rein einer ein böses Auge auf mich geworfen haben! Ich meine: Ich bin genauso eine jüdische

Frau wie Blime-Zlate und genauso schön wie sie und so gescheit und so fähig wie sie doch gewiß, warum, um Himmels willen, trifft es mich, daß ich ein so schreckliches, finsteres Los habe und Blime-Zlate wird Tag um Tag mehr breit als lang (eintrocknen und ausdörren soll sie, lieber Gott!). Doch wenn ich's recht überlege: Was habe ich eigentlich gegen Blime-Zlate? Lebt sie nicht auf derselben Erde? Möge sie gesund und glücklich sein und alt werden mit ihrem Nehemia und mir möge Gott helfen auf meine Art. Wie sagt die Mutter: ›Besser sich wünschen, eh den anderen fluchen...‹ Es tut mir nur weh, zu sehen, wie andere Leute leben und sich's wohlergehen lassen – und ich muß dasitzen wie eine Witwe und Ausschau halten nach meinem schönen Ernährer: vielleicht wird ihn doch das große Glück treffen! Wenn ein Pfaff es verliert und er es findet, wird er mir ein Haus erbauen in Jehupez! Das wird Jehupez nicht erleben, daß ich Deinen feinen Leuten zuliebe, welche ihre Frauen austauschen, mich entschließe, zu Dir zu gehen, meine Perücke ablege und ein Kebsweib bei Dir werde – die Schädel mögen sie sich einschlagen und das alle zusammen, lieber Gott, so schnell es geht, wie Dir wünscht viel Gutes und dauerndes Glück

Deine wahrhaft treue Frau Scheine-Scheindel

›Man muß nicht schön sein,‹ sagt die Mutter, sie soll leben, ›man muß nicht klug sein, man muß nur Glück haben.‹ Da hast Du zum Beispiel meine Brajne-Bejle und da hast Du Rahel, der Muhme Dwojres Tochter. Die eine ist schön wie die Sommersonne, die andere sauer wie Essig. Und Brajne-Bejle, die Arme, sitzt da als lediges Mädchen und Rahel kriegt einen Mann und macht Hochzeit. Mit irgendeinem Unglücksmenschen aus Jampol und dazu einem feinen, ehrlichen, stillen Menschen; im Kopf soll's bei ihm nicht ganz richtig sein; er ist aber von vornehmer Abkunft. Man sagt freilich, er habe eine Schwester, die sich getauft hat. Einen Fehler hat er: er ist nicht ganz gesund. Dafür braucht er keine Angst vor der Assentierung zu haben. Es ist ein Vergnügen, das Brautpaar anzusehen! Sie glaubt, es gebe nichts Klügeres auf der Welt als ihn, er meint, es gebe nichts Schöneres als sie; wie sagt die Mutter: ›Nicht das hat man lieb, was schön ist, sondern das ist schön, was man liebt.‹

NEUNTER BRIEF

Menachem Mendel aus Jehupez
an seine Frau Scheine-Scheindel
in Kasriliwke

Der teuren, edlen, tugendhaften und klugen Ehefrau Scheine-Scheindel meinen Gruß!

Zum ersten sei Dir kundgetan, daß ich – Dank Seinem lieben Namen! – gesund bin und mein Leben das des Friedens; der Herr, gelobt sei Er, möge helfen, daß eines vom anderen nur Gutes höre in guter Botschaft zu Trost und Heil – Amen.

Zum zweiten wisse: Das Häusergeschäft ist ein Dreck. Ich habe mich beizeiten auf einen anderen Erwerb geworfen, auf Güter. Güter – das ist ein ganz anderer Artikel! Erstens muß man dabei keine Stiefel zerreißen, man schreibt einen Brief, legt einen ›Plan‹ bei, der

Käufer fährt hin, schaut sich die Sache an und es wird mit Gottes Hilfe ein Geschäft. Und zweitens macht man das Geschäft nicht mit Bettlern und Habenichtsen; man hat mit Gutsherrn zu tun, mit Edelleuten, Fürsten und Grafen. Du wirst natürlich fragen, wie ich zu Grafen komme… Das ist eine lange Geschichte! Du weißt ja, daß ich mich hier nicht aufhalten darf… und so kommt es manchmal vor, daß die Polizei zur Nachtzeit im Gasthof eine Revision hält. Da gibt uns die Wirtin schon vorher davon Kenntnis, damit wir beizeiten verschwinden wie Salz im Wasser, der nach Bobrisk, jener dahin, der dorthin. Es kommt aber auch vor, daß die Wirtin nicht im voraus weiß, wann die Revision sein wird; das ist schlimm! Diese Woche nun liegen wir alle Gäste ruhig und schlafen; da hören wir: es klopft! Die Wirtin springt herein, zittert am ganzen Leib und ruft uns zu: »Juden, Leute, kriecht ins Stroh!« – Das war ein Huschen und Verstecken! Der in den Keller, der in den Hof und ich – an meinen alten lieben Ort – auf den Boden. Und hinter mir noch jemand, ein kleiner, dürrer Jude aus Kamenetz. Wie wir so in unserem Schmerz auf dem Dachboden liegen, höre ich den armen kleinen Juden schwer seufzen. »Warum seufzt Ihr?« frage ich leise. »Ach und Weh ist mir«, sagt er, »ich habe meine Papiere unter dem Kopfpolster liegen lassen!« – »Was für Papiere?« flüstere ich ihm zu. »Oh«, antwortet er, »sehr wichtige Papiere! Ihr Inhalt ist mehr als eine halbe Million!« Wie ich von einer halben Million höre, rücke ich leise meinem kleinen Juden näher und frage ihn: »Wie kommen zu Euch so wertvolle Papiere und was sind das für Papiere?« – »Das sind Güter,« sagt er mir, »ich habe Güter im Gouvernement Wolhynien, große Güter, mit dem besten Inventar, mit Pferden, Ochsen und Schafen ohne Zahl, mit Wassermühlen und Almhütten, mit großen Höfen, prächtigen Gärten und allem, was man sich nur wünschen kann!« Wie ich das höre, rücke ich meinem Mann noch näher: »Wie kommt Ihr zu so viel Gütern mit solcher Pracht?« – »Die Güter,« flüstert er mir zu, »sind nicht auf meinem Mist gewachsen, das sind herrschaftliche Güter, doch ich habe sie in der Hand, das heißt, ich bin der Verkäufer; deswegen bin ich eben hergekommen und habe alle Papiere mitgebracht, alle Pläne... Wie glaubt Ihr, werde ich nicht, Gott behüte, zu Schaden kommen?« – »Gott bewahre,« sage ich, »wer braucht fremde Sachen? Der Herr möge uns nur beistehen, daß niemand zu uns auf den Boden heraufkriecht« – sage ich und dann gehe ich ihn von einer anderen Seite an: »Nun, habt Ihr hier schon ein Geschäft gemacht mit Euren Gütern?« – »Nein,« antwortet er, »ich habe Angst vor den hiesigen Maklern; sie sind, wie man erzählt, große Lügner und haben kein wahres Wort auf der Zunge. Vielleicht kennet Ihr einen Gütermakler, einen anständigen Makler, vor allem einen ehrlichen, keinen Lügner?« – »Aber,« antworte ich, »mit dem größten Vergnügen! Ich selbst«, sage ich, »bin Gütermakler, das heißt, mit Gütern habe ich in meinem Leben noch nicht gehandelt, aber ich meine, wenn nur mit Gottes Hilfe ein Kunde kommt, so ist es keine Kunst, auch in Gütern zu machen.« – »Ich sehe,« antwortet er mir, »daß ich es mit einem geschickten Menschen zu tun habe und einem ehrlichen Mann; gebt mir Eure Hand zum Pfande, daß das, was wir hier sprechen, unter uns bleibt, so will ich

Euch alles angeben: wo meine Güter liegen und was ich habe.« Kurz und gut, wir haben mit Gottes Hilfe ein Geschäft gemacht, das heißt, wir haben Halbpart beschlossen für alle Geschäfte; er bringt in diese Gemeinschaft alle seine Güter ein und ich alle meine Kunden. Doch da ich sehr beschäftigt bin und keine Zeit habe, fasse ich mich kurz; so Gott will, werde ich Dir im nächsten Brief alles genau berichten. Jetzt gebe Gott nur Gesundheit und Glück. Grüß die Kinder, sie sollen leben, und jeden besonders gar herzlich von

Deinem Gemahl Menachem Mendel

Richtig: das Wichtigste! Die Panik im Gasthof war ein blinder Lärm. Ein Nachbar hat irrtümlich an unser Fenster geklopft und wir haben uns ganz unnötig versteckt. Daraus sieht man aber, daß es gut ist, wie der Herr es lenkt. Denn hätte zum Beispiel der Nachbar nicht ans Fenster geklopft, wäre keine Panik ausgebrochen, ich wäre nicht auf den Boden gekrochen, hätte nicht den Juden aus Kamenetz kennengelernt und wüßte nichts von Gütern und Grafen. Jetzt fehlt nur noch ein bißchen Glück.

Der Obige

ZEHNTER BRIEF

Scheine-Scheindel aus Kasriliwke an ihren Gatten Menachem Mendel in Jehupez

Dem hochgeehrten, edlen und mächtigen Herrn, dem weisen Kenner der Thora, dem hochgelehrten Reb Menachem Mendel ehrfürchtigen Gruß!

Erstens vermelde ich Dir, daß wir alle, Gott sei Dank, beim besten Wohlsein sind; gebe Gott uns, das gleiche von Dir zu hören fürderhin und nichts Schlimmeres.

Zweitens teile ich Dir mit, daß ich einen starken Husten bekommen habe (allen Deinen Jehupezer ›Madamen‹ sei er vergönnt); ich trinke Ziegenmilch und war auch schon beim Doktor. In den paar Jahren haben die Doktoren von mir ein schönes Stück Geld geschröpft (sie samt dem Apotheker mögen es verdoktern!). Ein Glück, daß vor kurzem eine neue Apotheke eröffnet wurde; dort kann man etwas abhandeln! Viel Glück zu Deinem neuen Erwerb mit Gütern und Grafen! Du schmeißt nur so mit den Geschäften, jeden Tag ein neues. Nicht genug daran, daß der Mann eine glückliche Hand in seinen Geschäften hat, kennt er auch ihre Fehler genau und zählt sie auf; wie sagt die Mutter: ›Wenn das Mädel nicht tanzen kann, sagt es, die Musikanten können nicht spielen!‹ Ich habe Angst, Mendel, daß Du es so lange mit den Geschäften probieren wirst, bis Du anfängst, mit Zündhölzchen zu hausieren, wie Getzel, der Muhme Sosje Sohn, welcher nach Amerika gegangen ist; er hat auch gemeint, daß er dort die Millionen im Flug erwischen wird, und jetzt schreibt er Briefe von dort zum Steinerweichen, er schreibt, daß man sich dort in Amerika die Seele herausarbeiten muß; wer es nicht tut, der kann anschwellen vor Hunger und es wird ihm keiner einen Bissen Brot schenken; ein schönes Land, brennen möge es zusammen mit Deinem Jehupez in einer Flamme! Das wäre für Euch beide ein Segen; wie sagt die Mutter: ›Wenn man Brot hat, soll man nicht nach Zuckerkuchen gelüsten.‹ Wenn doch nur Gott ein Wunder täte und ich nicht bald von Dir dasselbe hören muß, was man von Getzel hört, nur noch in neuer, verbesserter Auflage! So wünscht Dir viel Gutes und Glück

Deine wahrhaft treue Frau Scheine-Scheindel

ELFTER BRIEF

Menachem Mendel aus Jehupez
an seine Frau Scheine-Scheindel
in Kasriliwke

Der teuren, edlen, tugendhaften und klugen Ehefrau Scheine-Scheindel meinen Gruß!

Zum ersten sei Dir kundgetan, daß ich – Dank Seinem lieben Namen! – gesund bin und mein Leben das des Friedens; der Herr, gelobt sei Er, möge helfen, daß eines vom anderen nur Gutes höre in guter Botschaft zu Trost und Heil – Amen.

Zum zweiten wisse: Ich habe schon Güter für mehr als eine Million, ich habe Güter, die sind so großartig, wie man sie nirgends findet. Du wirst natürlich fragen, wie zu mir solche Schätze kommen. Du sollst es hören: Wie ich mit meinem Kompagnon aus Kamenetz auf die Börse gekommen bin und erzählt habe, daß ich Güter zu verkaufen habe, da hat es Makler nur so geschüttet, die auch Güter zu verkaufen haben und wir haben ein Geschäft gemacht, nämlich, wir haben die Güter gegen andere Güter getauscht, das heißt: wir haben ihnen die ›Pläne‹ unserer Güter gegeben und sie haben uns die ›Pläne‹ ihrer Güter gegeben. Der Zweck ist wahrhaftig klar: Machen wir ein Geschäft mit ihren Gütern, so werden wir doch gewiß Geld verdienen; machen sie ein Geschäft mit unseren Gütern, so verdienen wir abermals Geld; für keinen Fall können wir Schaden haben! Kurz und gut, ich habe mich bald mit den Maklern bekanntgemacht und bin mit Gottes Hilfe einer von den großen Maklern und sitze schon drinnen bei ›Semedenin‹ wie die anderen an weißen, marmornen Tischen wie in Odessa und trinke Kaffee mit Buttergebäck dazu. So ist es hier üblich. Wenn man nicht mitmacht, kommt ein Mensch und jagt einen hinaus. Da bei ›Semedenin‹ ist die richtige Börse. Hierher kommt die ganze Maklerwelt, es herrscht immerwährend ein Geschrei und Getümmel und Lärm wie – wenn der Vergleich gestattet ist – in der Schul: alle reden, schreien, gestikulieren; bald gibt es Streit und Zank, bald bewirtet man sich gegenseitig. Besonders beim Verteilen der ›Provision‹ gibt es immer Meinungsverschiedenheiten wegen der Anteile, mit Schimpfworten, Flüchen, langen Nasen und Ohrfeigen; und ich bin auch dabei. Da ich jedoch sehr beschäftigt bin und keine Zeit habe, fasse ich mich kurz. So Gott will, werde ich Dir im nächsten Brief alles genau berichten. Jetzt gebe Gott nur Gesundheit und Glück. Grüß die Kinder, sie sollen gesund sein, und Schwiegervater und Schwiegermutter, jeden einzeln herzlich

von Deinem Gemahl Menachem Mendel

Richtig: das Wichtigste! Ein Gut habe ich im Gouvernement Wolhynien, mit einem Palast. In diesem gibt es sechsundsechzig Zimmer; ihre Wände, Decken und Fußböden sind alle ganz aus Spiegelglas. Dann ist dort ein Garten, den nennt man ›Ormangerie‹; dort wachsen Sommer und Winter Zitronen und Pomeranzen. Und dazu die Pferde und Kaleschen, die sich dort finden, Prachtexemplare! All das verkauft man so in Bausch und Bogen! Wenn Gott, gelobt sei Er, mir den richtigen Kunden dafür schickt, wer ist mir dann gleich? Einen Fehler hat das ganze Geschäft, daß nämlich die Gütermakler zumeist eine lange Zunge haben; das heißt, sie reden gern mehr, als an der Sache ist. Doch was läßt sich tun? Des Verdienstes halber muß man auch eine kleine Lüge sagen!... Der Obige

ZWÖLFTER BRIEF

Scheine-Scheindel aus Kasriliwke an ihren Gatten Menachem Mendel in Jehupez

Dem hochgeehrten, edlen und mächtigen Herrn, dem weisen Kenner der Thora, dem hochgelehrten Reb Menachem Mendel ehrfürchtigen Gruß!

Erstens vermelde ich Dir, daß wir alle, Gott sei Dank,

beim besten Wohlsein sind; gebe Gott uns, das gleiche von Dir zu hören fürderhin und nichts Schlimmeres.

Zweitens teile ich Dir mit, daß ich schon Blut spucke von Deinen schönen Briefen! Es ist eine Schmach und Schande, auch nur jemandem zu zeigen, was Du mir schreibst! Wie sagt die Mutter, sie soll leben: ›Der größte Schmerz ist der, den man sich nicht vom Herzen reden kann…‹ Was ist das für eine Art, ich frage Dich, den ganzen Tag bei ›Sime-Dine‹ zu sitzen (wer ist das eigentlich, die Sime-Dine, zu allen Teufeln? Bei uns hat's eine Sime-Dine gegeben, die Frau vom Feldscher, die ist schon lange auf der Welt der Wahrheit!) und dort Kaffee zu trinken mit Buttergebäck dazu, als wäre mitten am Mittwoch Sabbatabend? Großartig ist der Mann! Er hat ›Gutes‹ zu verkaufen mit sechsundsechzig Zimmern. Sechsundsechzig Plagen mögen auf meine Feinde fallen! Doch was geht es ihn auch nur im geringsten an, was ich Tag und Nacht für eine Plage habe mit seinen Kindern? Da hat sich erst gestern abend Leah-Ruchele (der Teufel soll sie holen!) mit Mojsche-Herschele (leben soll er!) geprügelt und hat ihm mit einer Gabel mitten ins Gesicht gestochen; ein Glück, daß es nicht ins Auge gegangen ist! Es ist ein Jammer: ich schreibe und schreibe und quäle mich mit Briefen und er – sitzt in seinem Schmerz in Jehupez, trinkt Kaffee und sieht zu, wie Makler einander auf der Börse ohrfeigen. Gott geb's, daß es einem einfiele, Dir das zu geben, was Du wert bist; Du würdest vielleicht klüger werden. So wünscht Dir alles Gute und dauernd Glück

Deine wahrhaft treue Frau Scheine-Scheindel

Du kannst einpacken mit Deinen Ohrfeigengeschichten. Mendel! Hör zu, was bei uns vorgeht zwischen unseren zwei jungen Doktoren, dem Doktor Zimmet und dem Doktor Lakritz! Sie leben wie Hund und Katze. Doktor Zimmet hat sich etwas Neues ausgedacht und den Doktor Lakritz angezeigt, daß der Doktor Lakritz ein Kind vergiftet hat... Da ist der Doktor Lakritz hingegangen und hat angezeigt, daß Doktor Zimmet zusammen mit Feiwel, dem Agenten, einen Toten in die Versicherungsgesellschaft ›Jaker‹ hat aufnehmen lassen... Doktor Zimmet, nicht faul, hat wieder den Doktor Lakritz angezeigt, daß Doktor Lakritz – – aber, mögen sie beide das Sühnopfer sein für Dich und für mich und unsere Familie und unsere Freunde und für ganz Israel!

IV. BANKROTT

ERSTER BRIEF

Menachem Mendel aus Jehupez an seine Frau Scheine-Scheindel in Kasriliwke

Der teuren, edlen, tugendhaften und klugen Ehefrau Scheine-Scheindel meinen Gruß!

Zum ersten sei Dir kundgetan, daß ich – Dank Seinem lieben Namen! – gesund bin und mein Leben das des Friedens; der Herr, gelobt sei Er, möge helfen, daß eines vom anderen nur Gutes höre in guter Botschaft zu Trost und Heil – Amen.

Zum zweiten wisse: Ich handle jetzt nur mit Wäldern; denn ein Gut ohne Wald ist wie ein Haus ohne Kamin. Der ganze Schatz jedes Gutes ist der Wald. Mit Wäldern haben Juden ihr Glück gemacht und Millionen verdient! Du wirst nun gewiß fragen, wie ich zu einem Wald komme. Hör zu, wie Gott lenkt: Wie ich ein Gütermakler geworden bin und begonnen habe, Bekanntschaft mit meinen Kollegen zu machen, da habe ich einen von den großen Maklern kennengelernt; der fragt mich: »Was habt Ihr für Sachen, laßt sehen?« Ich nehme mein Päckchen ›Pläne‹ heraus von Gütern auf mehr als eine Million siebenmalhunderttausend. Er sieht sie an und sagt: »Nehmt mirs nicht übel, daß ich es Euch sage: aber Eure Güter sind alle zusammen keine drei Prisen Schnupftabak wert.« Ich frage natürlich, warum. Und er antwortet mir: »Weil alle Eure Güter leere Güter sind, Himmel und Erde, noch einmal Himmel und Erde und wieder Himmel und Erde! Wo ist ein Stückchen Wald? Wer braucht ein Gut, das keinen Wald hat? Was schweigt Ihr? Gebt Wald her, Wald!!« Kurz und gut, ich habe geschwiegen, denn es war mir eine Schande und Schmach vor mir selber, daß ich eine Ware herumtrage, die keine Ware ist! – »Wenn dem so ist,« sage ich endlich, »gebt mir ein richtiges Gut mit einem Wald; ich habe einen Käufer dafür.« – »Aber,« antwortet er, »wenns weiter nichts ist, mit dem größten Vergnügen! Ich habe für Euch einen Wald, den hat noch keines Menschen Fuß betreten; dort stehen Bäume noch aus den ersten Tagen der Schöpfung, seit die Welt besteht; Eichen, die bis in die Wolken reichen, Libanonzedern auf einer Seite der Bahn und ein Fluß auf der anderen. Doch Ihr glaubt,« sagt er, »das sei ein gewöhnlicher Fluß. Da ist der Wald und da der Fluß. Wenn man einen Baum schlägt, plumps, fällt er ins Wasser und schwimmt zur Säge!« Wie ich das höre, bin ich natürlich sofort gelaufen, um einen Kunden für einen solchen Wald aufzuspüren. Gott hat mir geholfen und ich habe einen gefunden. Aufgespürt habe ich ihn, wie es gewöhnlich ist, durch einen Makler. Doch das tut ja nichts. Möge Gott nur ein Geschäft geben und es soll ein Geschäft werden, dann ist noch genug Verdienst für zwei. Wie ich nun zu dem Käufer gekommen bin und ihm erzählt habe, daß ich einen Wald aus den ersten Tagen der Schöpfung habe, von einer Seite die Bahn, von der anderen den Fluß, einen Baum schlagen, plumps ins Wasser zur Säge – da hat ihm das Geschäft sofort gefallen. Er hat mich sofort hergenommen und hat mit mir ein Verhör angestellt über den Wald: wie der Wald heißt, wo er steht, was für Bäume dort wachsen, wie hoch die Zweige über der Erde beginnen, wie hoch die Stämme sind und wie breit, was für eine

Rinde sie haben, wie die Ringe innen verlaufen, wie man dorthin fährt, wie der Weg ist und ob dort im Winter Schnee fällt?... Kurz und gut, er hat mich mit Fragen überschüttet und mich nicht zu Worte kommen lassen. Endlich, zum Schluß, schreit er mich an: »Was nützt das leere Reden; bringt mir einen ›Plan‹ des Waldes, dann werden wir weiter reden!« – »Wozu braucht Ihr«, sage ich, »Pläne? Ich habe mehr; ich mache nur einen Sprung da hinüber und bringe Euch den Verkäufer selber. Der Besitzer des Waldes ist doch mehr wert als tausend Pläne!« Kurz und gut, ich laufe zu meinem Verkäufer, fasse ihn und schleppe ihn geradewegs zum Käufer. Wie der Käufer und der Verkäufer einander sehen, fangen sie Dir beide an zu lachen, daß ich meine, jetzt trifft sie beide der Schlag. »Das ist Euer Besitzer des Waldes?« fragt mich der Käufer. »Das ist Euer Käufer für den Wald?« fragt der Verkäufer. Indes öffnet sich die Türe und es treten noch zwei Juden ein. Es wird nicht mehr viel geredet, man holt die Karten, alle vier setzen sich zu einer Partie ›Oko‹ nieder und das Geschäft ist, mit Gottes Hilfe, auf morgen verschoben. Da ich jedoch sehr beschäftigt bin und keine Zeit habe, fasse ich mich kurz. So Gott will, werde ich Dir im nächsten Brief alles genau berichten. Jetzt gebe Gott nur Gesundheit und Glück. Grüß Schwiegervater und Schwiegermutter und die Kinder, sie sollen leben, jedes extra sehr herzlich von

Deinem Gemahl Menachem Mendel

ZWEITER BRIEF

Scheine-Scheindel aus Kasriliwke an ihren Gatten Menachem Mendel in Jehupez

Dem hochgeehrten, edlen und mächtigen Herrn, dem weisen Kenner der Thora, dem hochgelehrten Reb Menachem Mendel ehrfürchtigen Gruß!

Erstens vermelde ich Dir, daß wir alle, Gott sei Dank, beim besten Wohlsein sind; gebe Gott uns, das gleiche von Dir zu hören fürderhin und nichts Schlimmeres.

Zweitens teile ich Dir mit, daß mein Leben kein Leben mehr ist; wie sagt die Mutter: ›Eh so fahren, lieber zu Fuß gehen.‹ Ich könnte mir fluchen. Denn Ach und Weh, wer sind Deine Kunden? Man kommt zusammen, um von einem Wald zu reden, der in die ›Millionen‹ geht, und läßt alles stehen und liegen und setzt sich nieder, um eine ganze Nacht ›Oko‹ zu klopfen! Klopfen möge man Euch auf den Kopf, wie mir das Herz klopft, wenn der unglückselige Husten mich überfällt! Wehe über mich, daß ich erleben muß, daß mein Mann, der nicht einmal gewußt hat, wie eine Karte aussieht, jetzt von Karten redet! Das fehlt Dir noch, Mendel, zu Deinem Glück, daß Du selbst auf Deine alten Tage ein Kartler wirst! Und jetzt gar die Wälder! Wie kommst Du zu Wäldern! Hast Du denn schon einmal gesehen, wie ein Baum wächst? Wie sagt die Mutter, sie soll leben: ›Wie kommt ein Rabbi zum Schweinehandel?‹ Ich habe nur Angst, daß aus Deinen Wäldern ebenso Luft werden wird wie aus allen Deinen Geldgeschäften. So wünscht Dir viel Gutes und dauerndes Glück

Deine wahrhaft treue Frau Scheine-Scheindel

Die ganze Welt hat Dich im Sinn! Diese Woche kommt Deine Verwandte Krejndel (das Sühnopfer sei sie Dir für mich!) und trifft meine Mutter auf dem Markt bei den Fischen und fängt an, mich zu beweinen und zu beklagen (oh, laß sie über ihr Unglück weinen, guter Gott!). Warum ich, sagt sie, nicht die Scheidung von Dir verlange, damit das alles ein Ende hat? Kannst Dir denken, daß sie bei der Mutter an die Richtige gekommen ist; sie hat sich beileibe nicht mit ihr gestritten und ihr keine Schimpfworte gegeben, sondern ihr nur so einige Worte gesagt, wie sie es kann: ›Wo zwei miteinander hängen, hat sich kein Dritter einzumengen!‹ – ›Ehe ein neuer Scherben, ist besser ein alter Topf.‹ – ›Gute Freunde sind wie Unkraut, sie wachsen ohne Regen.‹ – ›Warum kümmerst du dich nicht um Leute, die dir näher sind?‹ – ›Mancher hört, daß der andere Knoblauch gegessen hat.‹ – ›Ein Ochse hat eine lange Zunge und kann nicht Flöte blasen.‹ Derlei Worte hat ihr die Mutter so lange versetzt, bis Krejndel auf und davon ist. Es hat ihr die Rede verschlagen.

DRITTER BRIEF

Menachem Mendel aus Jehupez
an seine Frau Scheine-Scheindel
in Kasriliwke

Der teuren, edlen, tugendhaften und klugen Ehefrau Scheine-Scheindel meinen Gruß!

Zum ersten sei Dir kundgetan, daß ich – Dank Seinem lieben Namen! – gesund bin und mein Leben das des

Friedens; der Herr, gelobt sei Er, möge helfen, daß eines vom anderen nur Gutes höre in guter Botschaft zu Trost und Heil – Amen.

Zum zweiten wisse: Der Wald hat sich als Wüste erwiesen; das Ganze ist nicht gestogen und nicht geflogen; es gibt keinen Wald, keine Bäume, keinen Fluß; alles Schwindel! Für nichts und wieder nichts sich und anderen Leuten den Kopf verdreht, umsonst die Füße abgeschunden und die Stiefel zerrissen! Ich habe gefunden, meine teure Gattin, daß Wälder nichts für mich sind; und mit solchen Lügen Handel treiben, das geht nicht in meinen Kopf hinein. Sie können einem vorerzählen, daß heute im Himmel Jahrmarkt ist; durch diese Leute kann man sich um die künftige Welt bringen! Was habe ich also getan? Ich habe mich beizeiten auf ein anderes Geschäft verlegt, nämlich auf Raffinerien (das sind Fabriken, in denen man Zucker macht). Das ist heute das beste Geschäft von allen; Juden kaufen Zuckerraffinerien und Makler verdienen ein schönes Stück Geld, sie sind alle daran reich geworden! Da ist ein Makler aus Rumänien, der hat es verstanden, sich an die Radomysler heranzumachen; er macht jetzt jede Woche zwei bis drei Zuckerraffinerien, macht dabei im Handumdrehen seine zehn-, fünfzehntausend Rubel und fährt für den Sabbat nach Hause! Was soll ich Dir noch erzählen? Fuhrleute, Faktoren, Dienstleute sind jetzt Makler in Raffinerien geworden, tragen goldene Uhren, sprechen deutsch, haben schon ›Magenkatarrh‹, schicken ihre Frauen in ›Bäder‹ und sind große Herren! Kurz und gut – ein einziges Geschäft ist heute an der Jehupezer Börse etwas wert – Raffinerien! Alle Makler machen in Raffinerien und ich mit. Du wirst natürlich fragen, wie ich dazu komme, mich mit einem so ausgefallenen Geschäft zu befassen, wo ich doch nicht weiß, ob man das ißt und womit! Nun sollst Du hören, wie Gott seine Kinder lenkt: Seit der Zeit, da ich aufgehört habe, zu Semedenin zu gehen (er heißt nicht Sime-Dine, wie Du ihn nennst; es ist keine Frau, sondern ein Mann und dazu ein Riesenantisemit!) – aufgehört hinzugehen, habe ich nicht etwa, weil ich mich mit Semedenin gestritten habe, sondern einfach deshalb, weil ich den Kaffee mit dem Buttergebäck schon übersatt hatte und dann, weil ich jetzt nicht genug Kleingeld bei mir habe – seither also habe ich mich auf der Straße herumgetrieben wie alle anderen Juden; und wie Du mich da siehst, habe ich die Bekanntschaft eines Maklers in Raffinerien gemacht; es hat sich gezeigt, daß er ein ehrlicher Mann ist und viele Leute kennt. Er hat, sagt er, bei den Größten Zutritt, sogar bei Brodzki. Und er fragt mich so: »Woher ist der Herr?« – »Aus Kasriliwke,« antworte ich, »das heißt vielmehr, ich selbst bin aus Jampolyn«, sage ich, »und Bürger bin ich in Masepowke; geheiratet habe ich aber nach Kasriliwke, und Handel treibe ich in Jehupez.« – »Was ist dieses Kasriliwke,« fragt er weiter, »ein Dorf oder eine Stadt?« – »Das ist doch kein Zweifel,« sage ich, »natürlich eine Stadt und keine kleine!« – »Dürfen dort Juden wohnen?« – »Natürlich, und die schwere Menge!« – »Nun und gibt es«, fragt er weiter, »bei Euch einen Fluß?« – »Einen prächtigen Fluß; er heißt Stinkajlo.« – »Und ist die Stadt«, fragt er weiter, »weit von der Bahn?« – »Im ganzen«, sage ich, »so etliche siebzig Werst. Warum eigentlich«, sage ich, »fragt Ihr das alles?« – »Gebt mir«, sagt er darauf, »die Hand zum Pfande, daß dieses Gespräch unter uns bleiben wird; ich kann Euch nur sagen, Reb Menachem Mendel, daß wir mit Gottes Hilfe bald viel Geld verdienen werden; einen Hut voll Geld! Mir ist«, sagt er, »ein Gedanke eingefallen, wie er einem nur einmal in hundert Jahren einfällt; hört zu: Bekanntlich gibt es heute eine Unmenge Käufer für Zuckerraffinerien, aber keine Raffinerien; alles, was zu haben war, haben die Radomysler zusammengekauft und das wollen sie nicht hergeben; deshalb haben sich die Leute darauf verlegt, frische, lebendige Zuckerraffinerien zu bauen; da aber in die Dörfer kein Jude hinein darf, so sucht man für die Raffinerien Plätze in kleinen Städten, wo Juden wohnen dürfen; begreift Ihr jetzt, wozu Euer Kasriliwke entstanden ist in den Tagen der Schöpfung? Nur damit dort eine Zuckerraffinerie bestehe! Und wie Ihr mich da seht, so habe ich gerade einen Mann, welcher eine Zukkerraffinerie bauen will für eine halbe Million Rubel. Er hat aber keinen Ort dafür: denn alles ist schon besetzt! Wißt Ihr nicht,« sagt er weiter, »mit wem man bei Euch wegen eines Platzes verhandeln kann und ob genug Rüben dort vorhanden sind, um eine Zuckerraffinerie zu bauen?« – »Aber«, sage ich, »mit dem größten Vergnügen! Ich habe dort«, sage ich, »eine Frau (bis hundertundzwanzig Jahre) und Schwiegervater und Schwiegermutter mit der ganzen Verwandtschaft. Ich werde sofort einen Brief hinschreiben und Ihr könnt sicher sein,« sage ich, »daß ich sofort Antwort bekomme über alles, was ich wissen will, bis ins kleinste!« Darum also, meine teure Gattin, schreibe ich Dir darüber und bitte Dich, Du mögest sofort Asriel, den Starosta, aufsuchen und den roten Moschko, welcher bei der Herrschaft ein- und ausgeht; er möge dort herauskriegen, ob ein Platz zu haben ist und wieviel Rüben man bekommen kann und wie teuer. Und antworte mir sofort in einem Brief ganz genau; denn Du begreifst doch: da läßt sich ein schönes Geld machen, so zehn-, fünfzehntausend! Doch da ich sehr beschäftigt bin und keine Zeit habe, fasse ich mich kurz. So Gott will, werde ich Dir im nächsten Brief alles genau berichten. Jetzt gebe Gott nur Gesundheit und Glück; grüß jeden einzeln sehr herzlich von

Deinem Gemahl Menachem Mendel

Richtig: das Wichtigste! Ich habe meinen neuen Kompagnon ausgefragt, wer der Kunde ist, und habe erfahren, daß der Kunde auch einer aus Radomysl ist. Ein guter Kunde wie alle Radomysler. Sie fliegen auf Raffinerien. Es können auch Windmühlen sein, wenn nur ein Kamin da ist und die Geschichte pfeift! So hoffe ich zu Gott, daß das Geschäft ein sicheres Geschäft sein wird; und mit Gottes Hilfe werden wir sicher Geld verdienen, obwohl wir bei der Sache hübsche paar Leute beteiligt sind; ich fürchte, es ist bald ein ganzer Minjan. Doch gebe Gott nur, daß das Geschäft zustande kommt; Du weißt ja: mir kommt es auf ein paar Rubel mehr oder weniger nicht an.

Der Obige

VIERTER BRIEF

Scheine-Scheindel aus Kasriliwke an ihren Gatten Menachem Mendel in Jehupez

Dem hochgeehrten, edlen und mächtigen Herrn, dem weisen Kenner der Thora, dem hochgelehrten Reb Menachem Mendel ehrfürchtigen Gruß!

Erstens vermelde ich Dir, daß wir alle, Gott sei Dank, beim besten Wohlsein sind; gebe Gott uns, das gleiche von Dir zu hören fürderhin und nichts Schlimmeres.

Zweitens teile ich Dir mit, daß ich Dein Schriftstück gelesen habe und wieder gelesen; aber verstanden habe ich kein Wort! Was willst Du eigentlich? Du fragst, ob hier Platz ist, und ich schreibe Dir: Auf dem neuen Friedhof ist genug Platz, es wird für halb Jehupez reichen! Und was fragst Du eigentlich fortwährend um Rüben? Warum fragst Du nicht gleich in einem Aufwaschen um Kraut, Kren und Petersilie? Und der Fluß? Solches Glück mögen Deine Kompagnons haben, was für ein Wasser bei uns ist! Wenn Pessach kommt, muß man Sodawasser trinken und im Sommer wird der Fluß grün wie Gras; ich wünschte, daß Deine feinen Jehupezer Herren, welche mit dem Magen zu tun haben, um den Thamuz herum unser Wasser kosten... Nein, Mendel, sie können meinetwegen dort in Jehupez krank werden vor Sehnsucht nach Raffinerien; wir werden uns hier schon noch ohne ihre Raffinerie behelfen können; wie sagt meine Mutter, sie soll leben: ›Die Feiertage gehen vorüber, und die Menschen bleiben Menschen.‹ Schlag Dir all diese Narrheiten aus dem Kopf! Du wirst so Raffinerien bauen, wie Du Wälder verkauft hast und Güter und Häuser und Zucker! Ich schwöre Dir: Eh Du Dich recht umschaust, werden Dich Deine Kompagnons von Kopf bis Fuß betakeln. Denn Du bist ein Pechvogel und bleibst ein Pechvogel; so wünscht Dir viel Gutes und dauerndes Glück

Deine wahrhaft treue Frau Scheine-Scheindel

Richtig, sag einmal, Mendel: Was ist das für eine Neuigkeit, die man bei uns erzählt? Sie sagen, daß man sich dort in Jehupez für die Übersiedlung nach Erez-Israel einschreibt; wer vierzig Kopeken zahlt, fährt. Was ist das für eine Sache? Bei uns hat man viel davon gesprochen; junge Leute versammeln sich jeden Abend bei Jossel, Mojsche-Arons Sohn, und es wird von Erez-Israel gesprochen. – Mit einem Wort, es geht etwas vor. Wie sagt die Mutter: ›Schon zu lange ruhig gewesen‹...

FÜNFTER BRIEF

Menachem Mendel aus Jehupez
an seine Frau Scheine-Scheindel
in Kasriliwke

Der teuren, edlen, tugendhaften und klugen Ehefrau Scheine-Scheindel meinen Gruß!

Zum ersten sei Dir kundgetan, daß ich – Dank Seinem lieben Namen! – gesund bin und mein Leben das des Friedens; der Herr, gelobt sei Er, möge helfen, daß eines vom anderen nur Gutes höre in guter Botschaft zu Trost und Heil – Amen.

Zum zweiten wisse: Die Nachfrage nach Zuckerraffinerien hat stark nachgelassen; es ist über sie eine Krise gekommen, so daß die Zuckerraffinerien direkt auf der Straße liegen; und Käufer gibt es keine! Du mußt nämlich wissen: die Leute haben sich an Zuckerraffinerien vollgegessen und sich dabei übernommen. Geld ist teuer und Zucker halb umsonst. Denn es ist so viel Zucker erzeugt worden, daß man nicht weiß, wohin damit; man müßte ihn rein auf die Straße werfen! Das ganze Geschäft ist tot, die Zuckerfabrikanten hängen sich für einen Groschen Bargeld auf, die Kapitalisten halten die Hand auf der Tasche und die Makler gehen müßig herum ohne Arbeit und ohne Verdienst und ich mit. Du meinst nun, daß das Ende der Welt gekommen ist? Sorge Dich nicht, teure Gattin: Gott ist Gott und Jehupez eine Stadt und solche Leute wie ich gehen nicht unter (Gott behüte); im Gegenteil, ich habe alle Hoffnung, daß ich, mit Gottes Hilfe, gerade jetzt emporkommen werde. Denn ich führe jetzt ein Geschäft durch, bei dem ich auf meinen Teil fast hunderttausend Rubel verdienen muß! Das Geschäft, das ich jetzt durchführe, geht um etwa zehn Millionen, vielleicht um mehr als zehn Millionen; es läßt sich gar nicht schätzen. Man meint, daß sich dort auf meinem Gut pures Gold in der Erde findet, und wo bleibt das Silber, wo das Eisen, wo das Blei, wo das Kupfer, wo das Quecksilber? Von Kohle und Gestein rede ich erst gar nicht. Dort finden sich Wälder und Felder und alle Güter der Erde; Granatäpfel, sagt man, gibt es auch dort. Und für all das mit Sack und Pack verlangt man dritthalb Millionen. Direkt geschenkt, wenn es nicht gestohlen ist! Einen Fehler hat das Ganze nur: es ist ein wenig zu weit; es steckt nämlich irgendwo in ›Sibirien‹, und man muß dorthin drei Wochen ununterbrochen fahren; denn Bahn geht keine hin. Wem kann man da ein so großes Geschäft vorlegen? Natürlich Brodzki! Da ist nur die Schwierigkeit, wie man zu Brodzki ins Kontor kommt. Denn erstens steht bei der Tür ein Schweizer, mit Knöpfen von oben bis unten, und schaut auf den Anzug; ist der Anzug alt, so wird ihm die Tür gewiesen; wenn aber schon Gott hilft und Du hast den Schweizer überstanden, so stehst Du geschlagene sechs Stunden auf der Treppe und wartest: vielleicht ist Gott barmherzig und Du siehst Brodzki; und wenn Du schon erlebst, ihn vorbeigehen zu sehen, so schießt er vorüber wie ein Pfeil, und eh Du Dich recht umschaust, sitzt er schon wieder in der Kalesche und – guten Tag! Da kann man doch nicht unhöflich sein und muß am nächsten Tag wiederkommen. Am nächsten Tag ist dieselbe Geschichte; ist es auch zu verwundern, wo so ein Brodzki doch so viel Geschäfte hat? Es geht eben nicht so schnell, bei Brodzki vorzukommen! Doch ich hoffe zu Gott: es wird mir einmal gelingen, ihn zu erwischen, – und dann ist die Sache gemacht! Da ich jedoch sehr beschäftigt bin und keine Zeit habe, fasse ich mich kurz. So Gott will, werde ich Dir im nächsten Brief alles genau berichten. Jetzt gebe Gott nur Gesundheit und Glück; grüß die Kinder und jeden einzeln sehr herzlich von

Deinem Gemahl Menachem Mendel

Richtig: das Wichtigste! Was Du wegen Erez-Israel fragst, damit meinst Du gewiß den ›Zinismus‹. Das ist eine sehr schöne Idee, obwohl man in Jehupez an der

Börse nichts davon hält. Ich war ein paarmal bei den hiesigen ›Zinisten‹ in ihren ›Versammlungen‹ und wollte erfahren, was an der Sache ist. Man hat aber dort nur russisch gesprochen – und viel gesprochen! Ich meine: was hätte es ihnen geschadet, wenn sie mit Juden jüdisch gesprochen hätten? Ich habe ein paarmal mit meinen Bekannten an der Börse darüber zu sprechen versucht; da haben sie mich ausgelacht: ›Zinismus! Weiß ich? Doktor Herzl! Auch ein Geschäft!...‹ Der Obige

SECHSTER BRIEF

Scheine-Scheindel aus Kasriliwke an ihren Gatten Menachem Mendel in Jehupez

Dem hochgeehrten, edlen und mächtigen Herrn, dem weisen Kenner der Thora, dem hochgelehrten Reb Menachem Mendel ehrfürchtigen Gruß!

Erstens vermelde ich Dir, daß wir alle, Gott sei Dank, beim besten Wohlsein sind; gebe Gott uns, das gleiche von Dir zu hören fürderhin und nichts Schlimmeres.

Zweitens teile ich Dir mit, daß meine Gitel Witwe geworden ist mit sieben Waisenkindern, eines kleiner als das andere! Mein Schwager ist gestorben (mag es meinen Jahren zugezählt werden und den Deinen), lange vor der Zeit. Das heißt, eigentlich, wenn man es so nimmt, war er nie recht gesund; er hat (nicht mir sei's beschieden) ziemlich häufig Blut gespuckt: aber wir alle haben noch geglaubt, er werde sich doch noch fortretten. Da läßt er sich einen Zahn reißen beim Feldscher Schmelke, legt sich hin und stirbt; wie sagt die Mutter (Gott verlängere ihre Jahre): ›Keiner weiß, wen es morgen trifft.‹ – Und indes weint die arme Gitel die Welt aus den Fugen; ihre Tränen sind nicht zu beschreiben! Wäre es (Gott behüte) umgekehrt gewesen, meine Schwester (Gott verlängere ihre Jahre) wäre, bewahre!, gestorben und Meir-Salmen wäre als Witwer zurückgeblieben; er hätte gewiß nicht so viel Tränen vergossen, sondern hätte bald nach den Trauertagen aus Berdiczew eine Stiefmutter für seine Kinder gebracht. Ich sage es ja immer auf alle Männer: Das Sühnopfer möget Ihr sein für Eure Frauen; denn wo hat man das gehört, daß sich ein Vater von Kindern eine Narrheit in den Kopf setzt – Millionen! Jetzt hat der Mann sein Glück gemacht: er steht an Brodzkis Tür! Ich habe nur Angst, daß Du nicht weiter kommen wirst als bis zur Tür. Schade um die Schuhe, so wahr ich lebe! Oder glaubst Du, daß Brodzki schon sofort die Millionen auspacken und damit nach Sibirien reisen wird? Warum? Nun, Menachem Mendel hat es doch selbst gehört, daß dort irgendwo, wo die Füchse einander gute Nacht sagen, Gold und Quecksilber auf der Straße liegt! Wie sagt meine Mutter: ›Ein Tauber hat gehört, wie ein Stummer erzählt hat, daß ein Blinder gesehen hat, wie ein Krummer gelaufen ist…‹ Doch ich weiß es im voraus, daß Du im nächsten Brief mir sicher schreiben wirst, daß aus dem Geschäft nichts geworden ist. Es wird sich aber ein Unmensch finden mit einer neuen Narrheit, der wird Dir erzählen, daß eine Kuh aufs Dach geflogen ist und ein Ei gelegt hat. Und Du wirst Deinen Rock schürzen und wieder laufen wie ein Verrückter. Wenn Du Dir aber endlich einmal zu Herzen nehmen wolltest, daß Du zu Hause eine Frau hast (bis hundertzwanzig Jahre) und kleine Kinder, die nach Dir ausschauen wie nach dem Messias, so hättest Du kein Verlangen, Dich in fremden Häusern herumzuschleppen und Dich mit Narrheiten abzugeben, die einem die Galle steigen lassen, wenn man davon hört! Noch hast Du nicht genug Lehrgeld gezahlt in dem Jehupez, das in Flammen aufgehen möge! So wünscht Dir viel Gutes und dauerndes Glück

Deine wahrhaft treue Frau Scheine-Scheindel

Eine schöne, kurze Geschichte: Erinnerst Du Dich an Meir-Schulem? Er hat eine Tochter namens Sprinze. Das war immer ein gesundes, festes Mädel; schon ein wenig ältlich, aber ein wohlgeratenes Geschöpf! Da hat sie sich in einen Buchhändler vernarrt, der in den Häusern mit Geschichtenbüchern und gedruckten Romanen herumhausiert. Und die arme Sprinze hat die Geschichtenbücher und Romane in die Hand gekriegt und hat sie alle durchgelesen; es sind, so sagt man, beinahe hundert Stück gewesen. Und sie ist (nicht möge mich das treffen) seither nicht ganz richtig im Kopf; sie führt ganz sonderbare Reden, die kein Mensch versteht; sie sagt, daß sie nicht Sprinze heißt, sondern ›Berta‹ und schaut jede Minute, jede Weile hinaus und wartet auf einen, der kommen soll, er heißt ›Lord‹, ihr ›Beschützer‹, und soll sie durch das Fenster stehlen und sie, weiß der Teufel, wohin führen, nach London und von London nach Stambul. – Soll nicht das Hirn eintrocknen in den elenden Köpfen, welche solche verrückte Sachen erdenken, die nicht Hand und Fuß haben?...

SIEBENTER BRIEF

Menachem Mendel aus Jehupez
an seine Frau Scheine-Scheindel
in Kasriliwke

Der teuren, edlen, tugendhaften und klugen Ehefrau Scheine-Scheindel meinen Gruß!

Zum ersten sei Dir kundgetan, daß ich – Dank Seinem lieben Namen! – gesund bin und mein Leben das des Friedens; der Herr, gelobt sei Er, möge helfen, daß eines vom anderen nur Gutes höre in guter Botschaft zu Trost und Heil – Amen.

Zum zweiten wisse: Wir haben einen großen Gott. Höre folgende Geschichte: Wie ich begonnen habe, ein ständiger Besucher bei Brodzki zu werden, da wurde ich eine geachtete Persönlichkeit an der Börse und zu mir sind die Makler von aller Welt gekommen mit tausenderlei Geschäften: Häusern und Gütern und Wäldern und Eisenbahnen und Dampfschiffen und Fabriken um Millionen, das alles Brodzkis wegen! Unter diesen Maklern sind auch zwei Kompagnons, nicht von hier; einer trägt einen Zylinder und einen steifen Kragen, der andere hat einen ganz absonderlichen Namen, den ich mich schäme, niederzuschreiben... Diese zwei Makler nun haben mich einmal abgefaßt, gerade als ich von Brodzki wegging und der ›Zylinder‹ hat mich angesprochen mit folgenden Worten: »Hört, Reb Menachem Mendel, wir haben Euch etwas zu sagen. Es handelt sich um folgendes: Wir haben gehört, daß Ihr dort bei Brodzki aus- und eingeht; nun denn, Ihr wißt ja, so wahr Gott im Himmel ist, wir haben nie etwas gegen Euch gehabt.« – »Gut,« sage ich, »was wollt Ihr?« – »Was sollen wir wollen? Wir wollen, was jeder Makler will, wir wollen verdienen, wir sind auch Makler, wir haben auch Geschäfte und noch dazu was für Geschäfte! Also, wenn Ihr ein wenig Glück habt und wenn wir ein wenig Glück haben, vielleicht läßt sich da etwas tun, daß wir zusammenarbeiten; es geht auf ›gemeinsame Rechnung‹; wenn man auch weniger verdient; aber man verdient. Ihr wißt ja: ›Aus Allerlei kocht man für den Abend Brei.‹« – »Nun denn,« sage ich, »wozu erst lange Reden? Sagt mir lieber, was Ihr zu verkaufen habt. Nur heraus mit der Sprache!« – »Wir haben«, sagt der ›Zylinder‹, »Gott sei Dank, eine Menge Geschäfte; wir haben Kohle im Gouvernement Poltawa, wir haben Eisen im Kaniewer Bezirk, wir haben eine abgebrannte Mühle in Perejaslaw, wir haben neue Maschinen, die ein Jude aus Pinsk erfunden hat, wir haben einen Gutsherrn, welcher einen Wald gegen eine Weide vertauschen will, ferner haben wir einen Juden, welcher in Jehupez ein großes Haus kaufen will ohne Geld, wir haben Güter! Wälder! Habt Ihr einen Käufer, so können wir Euch Güter verschaffen; habt Ihr Güter, so wollen wir Euch Kunden zuführen.« – »Nein,« sage ich, »mit Gütern und Wäldern handle ich nicht mehr; das hat ein Ende; ich habe mich«, sage ich, »an Gütern schon ordentlich verbrannt und habe mir geschworen, Wälder und Güter niht mehr in die Hand zu nehmen!« – »Aber, aber,« fällt der ›Zylinder‹ ein, »sind denn alle Geschäfte gleich? Gerade jetzt haben wir ein Gut im Kaukasus, ein Gut mit Erdöl, das heißt, mit einem Boden, aus dem Erdöl spritzt, es spritzt und spritzt und hört gar nicht auf; man erzählt, daß der Boden dort eine Million Pud Erdöl täglich herausspritzt.« – »Wenn es so ist,« sage ich, »dann seid ihr die richtigen Leute für mich; das ist ein Geschäft,« sage ich, »nur her damit!« Und wir sind alle drei sofort in das jüdische Kaffeehaus (ich gehe jetzt nicht mehr zu Semedenin, weil man die Leute von dort hinausjagt, sondern ins ›Jüdische Kaffeehaus‹, dort ist es viel gemütlicher, die Juden sind untereinander, man kann sitzen und reden und tun, was man will), und dort haben wir das Geschäft besprochen und Geschäftsgemeinschaft geschlossen; wie es dann dazu gekommen ist, den Vertrag schriftlich aufzusetzen, da haben sie mir das Geheimnis verraten, daß bei der Sache noch einige Teilhaber mittun: einer mit dicken Lippen, ein anderer, ein gelber Jude, der mit Uhren handelt, ein riesiger Aufschneider (Gott bewahre und beschütze einen vor so etwas), dann einer mit einer roten Nase mit Pickeln darauf, auch ein fürchterlicher Aufschneider; und endlich noch einer, ein Witwer. Wie ich von so viel Beteiligten höre, hat mir die Sache nicht mehr recht gefallen; der ›Zylinder‹ hat aber so lange in mich hineingeredet und mir Geschichten erzählt, bis ich mich fügen mußte und eingewilligt habe, daß die Sache zu Papier gebracht wird. Zwischen Kompagnons muß es natürlich immer Streitigkeiten geben; also hat jeder darauf bestanden, daß ihm ein größerer Anteil am Gewinn gebührt. Nun, Gott möge mir nur dazu helfen, daß ich mit der anderen Seite so einig bin wie mit den Maklern, dann stünde alles mit Gottes Hilfe sehr gut. Denn bei so einem Geschäft muß man doch mindestens eine Million Rubel verdienen! Und ich habe mich fest entschlossen: Wenn das Geschäft, so Gott will, zustande kommt, so miete ich mir sofort ein kleines Kontor auf der Nikolajewska und werde mit Gottes Hilfe ein großer Makler. Da ich jedoch sehr beschäftigt bin und keine Zeit habe, fasse ich mich kurz. So Gott will, werde ich Dir im nächsten Brief alles genau berichten. Jetzt gebe Gott nur Gesundheit und Glück. Grüße mir die Kinder und jeden einzeln sehr herzlich von

Deinem Gemahl Menachem Mendel

Richtig: das Wichtigste! Ich hatte mir vorgenommen, Dir etwas sehr Wichtiges zu schreiben. Doch ich habe vergessen, was. So lasse ich's denn, so Gott will, auf das nächste Mal.

Der Obige

ACHTER BRIEF

Scheine-Scheindel aus Kasriliwke
an ihren Gatten Menachem Mendel
in Jehupez

Dem hochgeehrten, edlen und mächtigen Herrn, dem weisen Kenner der Thora, dem hochgelehrten Reb Menachem Mendel ehrfürchtigen Gruß!

Erstens vermelde ich Dir, daß wir alle, Gott sei Dank, beim besten Wohlsein sind; gebe Gott uns, das gleiche von Dir zu hören fürderhin und nichts Schlimmeres.

Zweitens teile ich Dir in aller Kürze mit, daß ich schon keine Kraft mehr habe, in Dich hineinzureden; es ist das gleiche, wie wenn ich Erbsen an die Wand werfe. Wie sagt die Mutter: ›Spiel dem Bräutigam die weinerlichsten Lieder, er hat das Seine im Sinn –‹ Du bist gewiß eine geachtete Persönlichkeit in Jehupez, denn Du stehst doch bei Brodzkis Tür und bei Dir fliegen die Millionen nur so. Doch bei all dem brauchst Du Dich nicht überheben, denn die Millionen sind vorläufig noch bei Brodzki, nicht bei Dir, und es kann dazu kommen, daß der Boden, welcher Erdöl spritzt, auf einmal gewöhnliches Wasser spritzt, und dann gibt es was, am Ende Ohrfeigen – und wer wird sie kriegen? Du! Darum rate ich Dir, beizeiten dort Schluß zu machen und nach Hause zu kommen. Vergiß, was bisher gewesen ist. Vielleicht bin ich Dir mit einem Wort zu nahe getreten; wie sagt die Mutter: ›Besser eine Ohrfeige von einem Freund als ein Kuß von einem Feind.‹ Und nun telegraphiere sofort und setz Dich auf zur Heimreise und das, so schnell es geht, damit ich das alles einmal los bin. So wünscht Dir viel Gutes und dauerndes Glück

Deine wahrhaft treue Frau Scheine-Scheindel

Ich kann Dir eine Neuigkeit erzählen, die sich bei uns ereignet hat; die ganze Welt ist voll davon! Du kennst doch Motel-Mojsche, Meirs Sohn. Der hat eine Tochter mit dem Namen Raze. Das ist ein Reiz vor Gottes Thron; eine ›gebildete‹, gelehrte Mamsell, ›leiert nur so französisch‹; ›trommelt auf dem Klavier‹, gibt sich mit keinem ab. Natürlich! Sie stammt doch von Bettelleuten; wie sagt die Mutter: ›Vornehme Abkunft ist kein Spaß...‹ Kurz und gut, man redet ihr ›Partien‹ aus der ganzen Welt; doch sie dreht und wendet sich; was man ihr zeigt, gefällt ihr nicht; sie will einen Mann mit allen Vorzügen; er soll schön und gescheit und reich sein dazu – mit einem Wort, der Mond vom Himmel!

Die Schadchonim haben sich alle Glieder verrenkt und haben ihr einen Bräutigam aufgefischt, ein Schatz, sagt man, ein Paradiesapfel und dazu aus einem feinen, kleinen Städtchen, aus Awritsch! Man kommt zur Brautschau; wie es Brauch ist, läßt man Bräutigam und Braut in einem Zimmer allein, damit sie sich kennenlernen. Da beginnt sie: »Was sagt man bei Euch über Dreyfus?« Drauf der Bräutigam: »Über welchen Dreyfus?« Da ruft sie: »Ihr wißt nicht, wer Dreyfus ist?« – »Nein,« sagt er, »mit was handelt er?« – Sie ist sofort aus dem Zimmer gelaufen und in Ohnmacht gefallen; und der arme Bräutigam mußte mit Schimpf und Schande zurück nach Awritsch; der Teufel hole ihn und sie und beide! Ich bitte Dich, erkläre mir (Du kommst doch unter die Leute): wer ist der Dreyfus, von dem die ganze Welt auf ist?

NEUNTER BRIEF

Menachem Mendel aus Jehupez an seine Frau Scheine-Scheindel in Kasriliwke

Der teuren, edlen, tugendhaften und klugen Ehefrau Scheine-Scheindel meinen Gruß!

Zum ersten sei Dir kundgetan, daß ich – Dank Seinem lieben Namen! – gesund bin und mein Leben das des Friedens; der Herr, gelobt sei Er, möge helfen, daß eines vom anderen nur Gutes höre in guter Botschaft zu Trost und Heil – Amen.

Zum zweiten wisse: Mit Brodzki bin ich auseinandergegangen; wir haben uns (Gott behüte) nicht gestritten, aber ich habe aufgehört hinzugehen; denn wozu brauche ich Brodzki, wenn ich Verbindungen anknüpfe mit Rothschild in Paris?! Du wirst natürlich fragen, wie ich, Menachem Mendel, zu Rothschild nach Paris komme. Die Antwort darauf ist wieder der Kaukasus und wieder Erdöl! Alle Erdölquellen im Kaukasus gehören ihm und er selber sitzt in Paris. Wie kommt also die Katze übers Wasser? Da habe ich einen Gedanken: Bei uns an der Börse ist ein Kerl gewesen, der heißt Todres; dieser Todres war einmal ein großer ›Spiegulant‹, ein leidenschaftlicher Spiegulant. Als die Leute damals ihre paar Gulden angebracht haben, da wurden alle großen Spiegulanten (darunter auch ich) Makler. Todres aber ist damals nach Paris und dreht dort die feinsten, größten Geschäfte, nach Millionen! Zu meinem Glück ist Todres gerade jetzt hier in Jehupez; ich natürlich nicht faul, bin sofort zu ihm und habe ihm wunderbar auseinandergesetzt, daß ich einen Ort im Kaukasus aufgespürt habe, wo Erdöl aus dem Boden spritzt; und da man dafür eine Menge Geld verlangt, so ist es klar, daß diese Sache nur für Paris paßt. Und Todres ruft sofort: »Ich habe einen Käufer!« Ich frage: »Wer ist es?« Drauf er: »Rothschild!« – »Ihr kennt«, frage ich, »Rothschild?« – »Ob ich Rothschild kenne?« antwortet er, »ich wollte, wir beide hätten das im Vermögen, was ich mit ihm schon in Geschäften umgesetzt habe; ein paar schöne Tausender habe ich an ihm schon verdient!« – »Nehmt mirs nicht übel,« sage ich, »es wäre vielleicht gut, wennn Ihr über die Sache an Rothschild nach Paris schreiben würdet.« – »Schreiben«, sagt er, »ist keine Kunst! Ich stehe mit ihm so, wie zwei Leute eben miteinander stehen, doch das gehört nicht zur Sache. Ich brauche einen Plan, einen gezeichneten Plan, anders geht die Sache nicht!« Kurz, ich bin zu meinen Kompagnons und habe ihm von ihnen einen Plan gebracht, mit allem, was dazu gehört. Nun, meine teure Gattin, gefällt es Dir, wie Menachem Mendel mit Gottes Hilfe ein Geschäft einfädelt? Der Herr, gelobt sei Er, möge nur helfen, daß eine günstige Antwort von Rothschild kommt, dann kannst Du Dir denken, wie neben mir alle die Jehupezer großen Makler aussehen werden! Schlimm ist nur, daß es inzwischen an paar baren Groschen fehlt; Du solltest sehen, wie es bei uns zugeht, wie knapp die Welt an Geld ist! Man hängt sich beinahe auf um einen Rubel! Jeden Tag gibt es eine große Pleite. Doch Du brauchst keine Sorge haben, meine teure Gattin; alles hat seine Zeit; nach dem großen Kummer werden wir, so Gott will, große Freude haben, wenn nur die gute Nachricht aus Paris kommt. Dann will ich sofort in ein Geschäft gehen und, so Gott will, an Dich und an mich und an die Kinder denken, sie sollen nur alle gesund sein. Doch da ich sehr beschäftigt bin und keine Zeit habe, fasse ich mich kurz. So Gott will, werde ich Dir im nächsten Brief alles genau berichten. Jetzt gebe Gott nur Gesundheit und Glück. Grüß die Kinder und jeden einzeln sehr herzlich von

Deinem Gemahl Menachem Mendel

Richtig: das Wichtigste! Was Du über Dreyfus fragst – das ist eine sehr schöne Geschichte. Sie verhält sich folgendermaßen: In Paris gab es einen Kapitän Dreyfus, das heißt, das war ein Kapitän, der hat geheißen Dreyfus. Und Esterhazy war ein Major (ein Major ist älter als ein Kapitän, oder vielleicht umgekehrt, der Kapitän ist der ältere). Der war nun (der Dreyfus nämlich) ein Jude und der Major Esterhazy ist ein Christ. So hat er die Bordero geschrieben; das heißt, der Major Esterhazy hat die Bordero geschrieben und die ganze Sache auf Dreyfus geschoben. Da ist Dreyfus gekommen und wollte sich verantworten; man hat ihn jedoch verurteilt, auf einer Insel mitten im Meere für ewig eingesperrt zu sitzen. Da ist Zola gekommen und hat ein Geschrei erhoben und hat augenscheinlich bewiesen, daß er klipp und klar davon überzeugt ist, daß nicht Dreyfus die Bordero geschrieben hat: Was wollt ihr von ihm, das hat doch der Major getan, der Esterhazy! Da hat man ihn auch verurteilt, auch zu Gefängnis; er hat sichs aber überlegt (eben der Zola) und ist durchgegangen. Da ist noch einer gekommen, mit Namen Piquart, ein Oberst, und hat auch angefangen zu schreien und zu lärmen. Da ist vorgetreten der Mercier, das war gar ein General, und noch einer, ein gewisser Rochet, auch ein General, und noch eine Menge Generale, und alle haben falsches Zeugnis abgelegt wider Dreyfus. Da ist ein großer Lärm unter den Franzosen entstanden, daß man ihn zurückbringe, nämlich den Dreyfus. Man hat ihn nach Rennes gebracht vor Gericht und dort ist ein Advokat direkt aus Paris angekommen. Den wollte man erschießen, man hat ihn aber von hinten angeschossen. Er aber hat alle Generale zum Teufel gejagt und deshalb hat man den Dreyfus abermals verurteilt; doch man hat ihn bald freigelassen, das heißt also: schuldig und doch nicht schuldig – und wenn ich

Fips heißen sollte! ... Jetzt verstehst Du doch die Dreyfus-Geschichte? Der Obige

ZEHNTER BRIEF

Scheine-Scheindel aus Kasriliwke an ihren Gatten Menachem Mendel in Jehupez

Dem hochgeehrten, edlen und mächtigen Herrn, dem weisen Kenner der Thora, dem hochgelehrten Reb Menachem Mendel ehrfürchtigen Gruß!

Erstens vermelde ich Dir, daß wir alle, Gott sei Dank, beim besten Wohlsein sind; gebe Gott uns, das gleiche von Dir zu hören fürderhin und nichts Schlimmeres.

Zweitens teile ich Dir mit, daß Du nicht weit entfernt vom Wahnsinn bist; es fehlt Dir nur noch eines – mit einem Stock durch die Straßen laufen: was für großartige Verrücktheiten: er spritzt Gas, fliegt nach Paris, wirft mit Millionen herum! Er vergleicht sich mit den Jehupezer Millionären. Sie haben kein Geld und er hat – erst recht keines; wie sagt die Mutter: ›Also bin ich auch ein Vieh und darf auch im Stall krepieren.‹

Denk an meine Worte, Mendel. Man wird Dich nach Hause bringen entweder in Ketten oder im Leichentuch, nach allem, was Du wert bist. Denn Du sollst doch endlich daran denken, daß Du eine Frau hast (bis hundertundzwanzig Jahre), welche mehr versteht als Du; und für Deine Geschenke, Mendel, die Du für mich kaufen willst, für die danke ich Dir sehr herzlich. Möge Gott den Jehupezer Kaufleuten nur viele solche Kunden bescheren wie Du und Deine Kompagnons, diese Erzlügner, welche Millionen und Milliarden verdienen und für einen Groschen krepieren. Gebe es Gott nur fürderhin und nichts Schlimmeres; so wünscht Dir viel Gutes und dauerndes Glück

Deine wahrhaft treue Frau Scheine-Scheindel

Ich will ebenso von einem Unglück in meinem Leben wissen, wie ich von der Dreyfusgeschichte, die Du mir erzählt hast, auch nur ein Wort verstehe! Wie kommt ein Jude dazu, ein Kapitän zu sein, und was ist das für eine ›Bordero‹, die einer auf den anderen schiebt? Wozu hat der Zola durchgehen müssen und warum hat man ihn erschießen wollen und warum gerade von hinten und nicht von vorn?... Wie sagt die Mutter: ›Ziegen mögen so von fremden Gärten wissen, wie er weiß, was mit ihm geschieht...‹

ELFTER BRIEF

Menachem Mendel aus Jehupez an seine Frau Scheine-Scheindel in Kasriliwke

Der teuren, edlen, tugendhaften und klugen Ehefrau Scheine-Scheindel meinen Gruß!

Zum ersten sei Dir kundgetan, daß ich – Dank Seinem lieben Namen! – gesund bin und mein Leben das des Friedens; der Herr, gelobt sei Er, möge helfen, daß eines vom anderen nur Gutes höre in guter Botschaft zu Trost und Heil – Amen.

Zum zweiten wisse: Den Kaukasus hätte die Erde verschlingen sollen, ehe ich noch von ihm etwas wußte! Ich darf mich gar nicht auf der Börse blicken lassen; was ist geschehen? Die Sache ist sehr einfach: Gestern komme ich auf die Börse, da kommt mir Todres entgegen und sagt: »Hört, mein lieber Herr, wo ist eigentlich Euer Kaukasus?« – »Kaukasus«, antworte ich, »ist im Kaukasus; was gibt es denn?« – »Ich habe«, sagt er mir, »auf der Landkarte gesucht, wo Euer Geschäft eigentlich liegt und da ergibt sich, daß die Stadt, die Ihr genannt habt, überhaupt nicht existiert!« – »Was heißt das,« sage ich, »nicht existiert?« – »Das heißt,« sagt er, »daß es eine solche Stadt auf der ganzen Welt nicht gibt. Das ist ein Name aus dem Märchenland. Wie kann ein anständiger Jude«, sagt er, »jemandem ein Geschäft antragen, das glatt erfunden ist? Und dazu wem? Rothschild! Wißt Ihr,« sagt er, »wer Rothschild ist?!« – »Warum«, sage ich, »sollte ich nicht wissen, wer Rothschild ist? Ich weiß sehr gut,« sage ich, »wer Rothschild ist, aber was kann ich dafür?« sage ich. »Man hat es mir so gesagt und ich habe es Euch weitergesagt.« Ich bin sofort gerannt, um den ›Zylinder‹ aufzusuchen und habe ihn im ›Jüdischen Kaffeehaus‹ gefunden, wo alle Juden sitzen; natürlich habe ich ihn mir sofort vorgenommen: »Sagt einmal, ›Zylinder‹, mein Herzchen, wo liegt eigentlich unser Geschäft?« – »Sonderbare Frage,« antwortet er, »das ist doch Euer Geschäft, Ihr habt doch den Käufer!« – »Nein,« sage ich, »ich meine die Sache selbst: Wo liegt das, an welchem Ort, wie kommt man hin, durch welche Stadt fährt man?« – »Das freilich«, fängt er an, »weiß ich nicht ganz genau, das weiß mein Kompagnon.« Also sind wir zusammen den Kompagnon suchen gegangen; der Kompagnon aber sagt, daß ihm das der mit der roten Nase gesagt habe. Die rote Nase wieder sagt, daß er nichts geträumt und erfunden habe. Er hat von dem Makler mit den dicken Lippen gehört, daß der ›Zylinder‹ ein Geschäft im Kaukasus hat; doch wie, wo, was – das weiß er ebensowenig, wie er von Schlechtem etwas wissen will! Kurz und gut, wir wollen der Sache auf den Grund kommen, woher das Geschäft stammt und wer es aufgebracht hat; doch einer hat es auf den anderen geschoben, der auf den und jener auf jenen, so lange und so breit, bis es dabei geblieben ist, daß an allem ich schuld bin; ich habe schon so ein Glück, meiner Seel, daß ich immer und überall das Opferlamm bin!... Weißt Du denn, teure Gattin, was ich ausgestanden habe? Wenn man ein Glück hat, soll man sich lieber gleich lebendig begraben lassen! Was ich anpacke, ist anfangs, wie es aussieht, gut und schön; es scheint, als ob ich jetzt und jetzt das Glück zu fassen kriegte und jetzt habe ich es in der Tasche – und zum Schluß dreht sich das Rad und alles wird zu nichts. Es ist mir anscheinend nicht bestimmt, bei der Maklerei emporzukommen, einen fetten Bissen zu fassen und auf und davon zu gehen! Es ist nicht bestimmt, daß Menachem Mendel vorwärtskommen soll wie andere Makler in Jehupez. Alle machen ihr Glück, nur ich allein stehe da, muß zusehen, wie die Leute Geschäfte machen und Geld verdienen und stehe dabei, als wär ich fremd. Ich sehe vor mir Millionen und Millionen und kann sie nicht fassen... Ich bleibe immer irgendwie draußen... Habe ich vielleicht doch nicht den richtigen Weg versucht? Kein Mensch weiß, wo sein

Glück zu finden ist... Man muß es lange suchen, und wer sucht, der findet... Doch da ich sehr niedergeschlagen bin, fasse ich mich kurz. So Gott will, werde ich im nächsten Brief alles genau berichten. Grüß Schwiegervater und Schwiegermutter und schreibe mir, wie es mit Deiner Gesundheit steht, und küsse die Kinder, sie sollen leben und gesund sein, und schreibe mir, was es bei euch in Kasriliwke Neues gibt.

Dein Gemahl Menachem Mendel

Richtig: das Wichtigste! Wenn man das Unglück der anderen betrachtet, wird es einem etwas leichter ums Herz. Da nimm zum Beispiel den Gast, welcher mit mir im selben Zimmer wohnt. Er war einmal Rendar, sagt er, ein reicher Mann, Herr über Häuser und Läden, auch eigene; heute ladet er ›Frachten‹. Er hofft, damit viel Geld einzunehmen, viel Geld. Da er aber jetzt keinen Groschen im Beutel hat, hält er sich bei mir auf. Bis er, so Gott will, sein Geld aufladen wird, wird er mich, wie er sagt, nicht vergessen... Noch einer wohnt mit mir zusammen, der ist noch ärmer als der erste: er ist Schriftsteller. Er schreibt in Zeitungen und verfaßt ein Buch! Inzwischen, bis sein Buch fertig wird, hält er sich bei uns auf und aus Mitleid gibt ihm die Wirtin manchmal ein Glas Tee. Noch einer wohnt bei uns im Gasthof, das ist ein besonders kostbares Stück; gegen ihn ist der Schreiber ein Hund! Wer und was der ist, weiß ich selber nicht recht: Ein wenig Agent, ein wenig Schadchen, ein wenig Schreiber, er singt auch Lieder und fängt Ratten, – ein sehr lustiger Jude; er hat kein Hemd auf dem Leibe und für ein Stück Brot springt er ins Feuer! Kurz und gut, man sieht so viel Unglück auf der Welt, daß man das eigene vergißt! – Vergiß nicht, um Himmels willen, mir über dein Befinden zu schreiben und von den Kindern (sie sollen leben) und vom Schwiegervater und der Schwiegermutter und von jedem extra.

Der Obige

ZWÖLFTER BRIEF

Scheine-Scheindel aus Kasriliwke an ihren Gatten Menachem Mendel in Jehupez

Dem hochgeehrten, edlen und mächtigen Herrn, dem weisen Kenner der Thora, dem hochgelehrten Reb Menachem Mendel ehrfürchtigen Gruß!

Erstens vermelde ich Dir, daß wir alle, Gott sei Dank, beim besten Wohlsein sind; gebe Gott uns, das gleiche von Dir zu hören fürderhin und nichts Schlimmeres.

Zweitens teile ich Dir mit: Was habe ich Dir gesagt, Du ausgewachsener Narr? Küssen solltest Du meine Briefe; wie sagt die Mutter: »Küß die Rute, die dich schlägt...‹ Nun hast Du schon alle Deine Geschäfte dort zu Ende gebracht und so, daß ich sehr viel davon habe, und hast dort Kameradschaft geschlossen mit einer netten Gesellschaft von Lumpen, mit Rendaren, Lastträgern, Schreibern, Liedersängern, Rattenfängern, – wer lacht nicht, wenn er das hört? Dazu muß man in Jehupez im Gasthof sitzen und das Geld zum Fenster hinauswerfen! Mich freut nur, daß Du zu Verstand gekommen bist: es ist Dir offenbar, wie Du sagst, nicht bestimmt, dort emporzukommen und Millionär zu werden. Hast Du noch welche Zweifel, Mendel? Ich schreie schon lange, Du mögest Dir diese verrückten Gedanken aus dem Kopf schlagen. Ich möchte so sicher sein vor allem Bösen und möchte, daß Du sicher bist vor Deiner eigenen Narrheit, wie Du sicher bist vor Millionen! Vergiß die Millionen, Mendel, vergiß, daß es irgendwo auf der Welt einen Brodzki gibt, dann wird Dir wohler sein im Kopf und Herzen! ›Schau nicht auf das, was höher ist als Du, sondern auf das, was niedriger ist als Du‹ – so steht es, glaube ich, in den heiligen Büchern geschrieben. Und beneide nicht die feinen Leute in Jehupez, welche aufschießen. Laß sie aufschießen, erschossen mögen sie werden und Hände und Füße brechen, wie Dir wünscht heute und morgen und immerdar

Deine wahrhaft treue Frau Scheine-Scheindel

Sag einmal, mein teurer Mendel: Was ist Dir auf einmal eingefallen, Dich nach unserem Kasriliwke zu erkundigen? Und wieso bin ich Dir auf einmal so teuer geworden, daß Du um meine Gesundheit so besorgt bist? Du hast Dich auch sonst so sehr nach uns gesehnt?!... Wie sagt die Mutter: ›Laß das Kalb nur laufen; wenn es hungrig ist, findet es von selber in den Stall zurück...‹ Ich warte stündlich auf eine Depesche von Dir, daß Du schon auf der Reise bist. Es ist Zeit. Die höchste Zeit – Gott gebe, daß das mein letzter Brief ist.

V. EIN VORNEHMER BERUF

ERSTER BRIEF

Menachem Mendel aus Jehupez an seine Frau Scheine-Scheindel in Kasriliwke

Der teuren, edlen, tugendhaften und klugen Ehefrau Scheine-Scheindel meinen Gruß!

Zum ersten sei Dir kundgetan, daß ich – dank Seinem lieben Namen! – gesund bin und mein Leben das des Friedens; der Herr, gelobt sei Er, möge helfen, daß eines vom anderen nur Gutes höre in guter Botschaft zu Trost und Heil – Amen.

Zum zweiten wisse: Ich habe alle Geschäfte zum Teufel gejagt – aus und zu Ende! Es gibt keine Börse, keinen Semedenin, keine Maklerei mehr; – alles ist purer Schwindel, Bauernfängerei, bringt Schmach und Schande und Gott weiß was! Ich habe jetzt einen neuen Beruf, einen funkelnagelneuen Beruf, einen schönen und angesehenen Beruf – ich bin, zu Gutem, Schriftsteller. Ich schreibe! Du wirst fragen, wie ich zur Schriftstellerei komme? Das ist das Werk des Himmels.

Du erinnerst Dich doch noch meines letzten Briefes: dort habe ich Dir erzählt, daß ich in dem Gasthof, wo ich wohne, mit einem Schriftsteller Bekanntschaft geschlossen habe, der in Zeitungen schreibt. Davon lebt er. Du fragst, wie er das anstellt? Ganz einfach – er setzt sich hin, schreibt etwas, sendet es ab und es wird abgedruckt; wenn es gedruckt wird, kriegt er bezahlt für jede Zeile. Eine Kopeke für eine Zeile. Wieviel Zeilen, soviel Kopeken! Da hab ich mir so gedacht: Um Himmels willen, bin ich denn weniger wert als er? Zu dem Geschäft muß man sehr gelehrt sein! Schließlich habe ich auch in einem Cheder gelernt und meine Handschrift ist schöner als seine; wenn ich es nun probiere, einmal in einer jüdischen Zeitung zu schreiben, was kann das schaden? Den Kopf wird es sicher nicht kosten! Und meiner Seel, auf ja und nein – ich setze mich hin und schreibe der Redaktion einen Brief: so und so steht die Sache und ich erzähle ihnen gleich meine ganze ›Beigrafie‹: wie ich einmal auf der Börse einen Namen hatte, in Odessa und in Jehupez, wie ich dort meine Lehrjahre zugebracht habe, Händler und Makler mit ›London‹, mit ›Papieren‹ und mit Gütern und allem Guten bis in die Millionen gewesen, wie ich siebenundsiebzig Mal schon Millionär und gleich wieder ein Schnorrer, schon ein großer Herr und gleich wieder ein Niemand geworden bin. Kurz und gut, ich habe keine Mühe gespart und ihnen alles genau geschrieben auf beinahe zehn Seiten. Und ich habe sie gebeten, mir zu antworten, wenn ihnen mein Schreiben gefällt; da will ich ihnen schreiben und schreiben, soviel es nur geht. Und nun stell Dir vor: wirklich bekomme ich nach anderthalb Monaten Antwort von der Redaktion! Sie schreiben mir, daß ihnen mein Schreiben wirklich sehr gut gefällt, und schlagen mir vor, ihnen alle meine Beschreibigungen einzelweis zu schreiben; und wenn meine Beschreibigungen gut beschrieben sein werden, dann werden sie meine Beschreibigungen mit Vergnügen in ihrer Zeitung abdrucken und mir für jede Zeile zahlen, eine Kopeke für die Zeile; verstehst Du? Wieviel Zeilen, soviel Kopeken. Ich habe mir das sofort ausgerechnet: Wieviel kann ich zum Beispiel da erschreiben? Zum wenigsten, so rechne ich, kann ich an einem langen

Sommertag gut tausend Zeilen schreiben. Und das macht einen Zehner im Tag! Das heißt, es ergibt einen Verdienst von dreihundert Rubel im Monat. Gar nicht zu verachten, meinst Du nicht auch? Ich habe nicht erst lange überlegt, sondern habe mir eine Flasche Tinte gekauft und ein Ries Papier und mich zur Arbeit gesetzt. Da ich nun gerade im besten Schreiben bin, fasse ich mich kurz. So Gott will, werde ich Dir in den nächsten Briefen alles genau berichten. Jetzt gebe Gott nur Gesundheit und Glück. Grüß die Kinder, sie sollen leben, und Schwiegervater und Schwiegermutter, jeden extra sehr herzlich von

Deinem Gemahl Menachem Mendel

Richtig: das Wichtigste! Wenn der Herr im Himmel mir hilft und ich meine Beschreibigung fertig habe (vor allem nämlich den Titel für die Beschreibigung, denn ich habe bisher noch keinen Titel), dann schicke ich sie sofort der Redaktion und ersuche, daß man Dir auf Deinen Namen nach Kasriliwke ein paar Rubel schickt für meine Rechnung. Ich möchte, daß Du, teure Gattin, auch Freude hast an meinem jetzigen Beruf. Alles ist da viel feiner als bei dem Maklergeschäft: den Verdienst nennen sie bei der Maklerei ›Courtage‹; bei der Schriftstellerei heißt er ›Honorar‹. Ein prächtiger Verdienst so ein Honorar, leicht und vornehm. Der Obige

ZWEITER BRIEF

Scheine-Scheindel aus Kasriliwke an ihren Gatten Menachem Mendel in Jehupez

Dem hochgeehrten, edlen und mächtigen Herrn, dem weisen Kenner der Thora, dem hochgelehrten Reb Menachem Mendel ehrfürchtigen Gruß!

Erstens vermelde ich Dir, daß wir alle, Gott sei Dank, beim besten Wohlsein sind; gebe Gott uns, das gleiche von Dir zu hören jetzt und fürderhin und nichts Schlimmeres.

Zweitens teile ich Dir mit, mein Lieber, der mir beschert worden ist: Wie wird das mit Dir enden? Kein Hieb trifft den Mann! Es geht nicht im Guten, es geht nicht im Bösen! Rein Erbsen an die Wand geschossen! Leben soll die Mutter – ihre Worte kann man drucken lassen: ›Ein Kranker‹, sagt sie, ›wird gesund, ein Trunkener wird nüchtern, ein Schwarzer wird weiß, aber ein Narr bleibt ein Narr...‹ Sag doch, Mendel: Hat sie nicht recht? Bedenke, was Du schon alles angerichtet hast, seit ich Dich als meinen Mann kenne (ich habe genug daran!) – das ist Dir noch nicht genug: Du gibst Dich noch in Deinen alten Tagen zum Spaßmacher her! ›Schriftsteller‹ wird der Mann! Und da finden sich noch Narren, die ihm dafür zahlen! Gott weiß, was Du mit Deinen Beschreibigungen Dir noch erwirtschaften wirst, Gott behüte! Ich habe meine Erfahrungen. Wie sagt die Mutter, sie soll leben: ›Einem geprügelten Hund soll man keinen Stock zeigen...‹ Im Anfang ist es immer ein leichter Verdienst. Vöglein in den Lüften; leicht, ein Kinderspiel. Der Mann wird in Jehupez im Gasthof sitzen und schreiben und ich soll mich da in Kasriliwke mit seinen Kindern plagen und mich mit der »Infaulenza‹ herumschlagen! Seit drei Wochen sitzt sie bei uns im Haus, die ›Infaulenza‹, und ist nicht loszuwerden. Von den Kleinen schleppt sie sich zu den Großen... Und für das Geld, das Du mir von Deiner Schreiberei versprochen hast, danke ich Dir schon jetzt. Deine feinen Leute in Jehupez mögen immer so viel für ein warmes Essen haben, wieviel Du bei dem Geschäft als ›Horenarr‹ einnehmen wirst. Du bist selber ein Narr, ein horrender Narr... Und wenn Du nicht willst, daß ich in jungen Jahren aus dieser Welt muß und Deine Kinder, Gott bewahre, Waisen bleiben, so schlag Dir alle Deine leichten Luftverdienste samt Deinen schönen Beschreibigungen aus dem Kopf und komm endlich einmal nach Hause zu Deiner Frau und Deinen Kindern, zu Deinem Schwiegervater und Deiner Schwiegermutter. Du wirst, so Gott will, ein lieber Gast sein, wie die Mutter sagt: ›Daß wenigstens der Herd zu tun hat.‹ So wünscht Dir viel Gutes und dauerndes Glück

Deine wahrhaft treue Frau Scheine-Scheindel

Erinnerst Du Dich an Mojsche Dowid, den Kollektor, oder nicht? Den hat schon lang seine Frau verdrossen; er hat sie loswerden wollen und nicht gewußt, wie: da fällt ihm ein, nach Amerika zu fahren. Aber sie hat ihn an der Grenze noch erwischt und ihm einen Skandal geschlagen, daß ihm die Reiselust vergangen ist. Was ein Litwak imstande ist? Mein Unglück auf sein Haupt!

DRITTER BRIEF

Menachem Mendel aus Jehupez an seine Frau Scheine-Scheindel in Kasriliwke

Der teuren, edlen, tugendhaften und klugen Ehefrau Scheine-Scheindel meinen Gruß!

Zum ersten sei Dir kundgetan, daß ich – Dank Seinem lieben Namen! – gesund bin und mein Leben das des Friedens; der Herr, gelobt sei Er, möge helfen, daß eines vom anderen nur Gutes höre in guter Botschaft zu Trost und Heil – Amen.

Zum zweiten wisse: Es wird, so Gott will, gut gehen. Ich bin schon, Gott sei Dank, in der Zeitung gedruckt, ebenso wie alle anderen Schriftsteller und ich fühle es: ich bin geradezu ein anderer Mensch geworden. Wie ich zum ersten Male meinen Namen in der Zeitung gedruckt gesehen habe, dick und groß: Menachem Mendel – da sind mir beinahe Tränen in die Augen gekommen. Du fragst natürlich, warum? Vor Glück darüber, daß es so gute, feine, vornehme Leute auf der Welt gibt. Ich meine damit die Redaktion. Denn wenn man es recht bedenkt – ich bin ja nicht ihr einziger; es gibt unberufen genug Schriftsteller auch ohne mich. Dennoch hat sie sichs nicht verdrießen lassen und hat sich hingesetzt und hat meine Beschreibigung gelesen, so wie sie geht und steht, von A bis Z, und sie antwortet mir in der Zeitung, das heißt, im Briefkasten, daß meine Beschreibung ihr gefallen hat; nur ein wenig zu lang ist sie – das wäre Nummer eins. Zweitens aber verlangt sie von mir, daß ich ihr Geschichten aus dem Kopf erfinde; sie will nicht mehr und nicht weniger, als daß ich ihr (so, in meiner Sprache) das Leben in der Stadt Jehupez mit allen ihren ›Typen‹ schildere. Kurz gesagt, sie will wissen, was es bei uns in Jehupez Neues gibt; etwas anderes kann doch das Wort ›Typen‹ nicht bedeuten… Nun sag selbst: ist das nicht vornehm von der Redaktion? Da kann man doch nicht unhöflich sein und sie warten lassen. Ich habe also meinen Rock ausgezogen und mich niedergesetzt und schreibe ihr – drei Tage schon schreibe ich und schreibe, und das Schreiben nimmt kein Ende! Und da ich mit dem Schreiben sehr beschäftigt bin und keine Zeit habe, fasse ich mich kurz. So Gott will, werde ich Dir im nächsten Brief alles genau berichten. Jetzt gebe Gott nur Gesundheit und Glück. Grüß die Kinder und Schwiegervater und Schwiegermutter, jeden extra sehr herzlich von

Deinem Gemahl Menachem Mendel

Richtig: das Wichtigste! Sei so gut und schreibe mir, ob Du etwas Geld von der Redaktion erhalten hast; denn ich habe sie gebeten, daß sie Dir vorläufig, auf meine Rechnung, einige Rubel schicken soll. Schließlich auf einen Rubel mehr oder weniger kommt es nicht an; wir werden schon verrechnen. Der Obige

VIERTER BRIEF

Scheine-Scheindel aus Kasriliwke an ihren Gatten Menachem Mendel in Jehupez

Dem hochgeehrten, edlen und mächtigen Herrn, dem weisen Kenner der Thora, dem hochgelehrten Reb Menachem Mendel ehrfürchtigen Gruß!

Erstens vermelde ich Dir, daß wir alle, Gott sei Dank, beim besten Wohlsein sind; gebe Gott uns, das gleiche von Dir zu hören fürderhin und nichts Schlimmeres.

Zweitens teile ich Dir mit, daß ich schon Blut spucke von Deinen lieben Briefen. Wer ist eigentlich die schöne Dame dort, der zulieb Du den Rock ausgezogen hast und gleich mit ihr auf fein und mein stehst? Brennen möge sie im Höllenfeuer samt ihrem Geld! Ich brauche sie zum Krenreiben; wie sagt die Mutter, sie soll leben: ›Schenk mir keinen Honig und gib mir keinen Stich …‹ Daß Du's weißt: Krank möge Deine Redaktion werden, sowie sie mir nur Geld gibt. Die gibt! Gift und Galle gibt mir nur Dein Geschreibe, das Du mir schreibst. Wenn es mir aber schon bestimmt ist, daß mein Mann ein ›Schriftsteller‹ ist, so verstehe ich eines nicht: Wozu muß man dazu in Jehupez sitzen? Gibt es in Kasriliwke keine Tinte? Da muß etwas dahinterstecken; etwas ist da nicht koscher! Wie sagt die Mutter, sie soll leben: ›Zerschneide nur den Apfel, da findest du den Wurm …‹ Kurzum, mein teurer Gemahl, pack Deine Beschreibigungen zusammen und komm nach Hause, ohne Widerrede; denn ich kann nicht mehr mit ansehen, wie es den Kindern nach Dir bange ist. Sie fragen fortwährend: »Wann kommt der Vater?« Ich vertröste sie von Peßach bis Sukoth und von Sukoth bis Peßach. Und wer fragt am meisten? Mojsche-Herschele. Ich will so glücklich sein, wie das ein offener Kopf ist, gescheiter als sein Vater. So wünscht Dir viel Gutes und dauerndes Glück für heut und alle Zeit

Deine wahrhaft treue Frau Scheine-Scheindel

Was sagst Du zu meiner Brajndel? Sie wird schon vom zweiten Mann geschieden. Keiner weiß, warum. Aber im Vertrauen hat er mir einen Arm voll mit blauen Flekken gezeigt. Er schenkt ihr, sagt er, die Mitgift und ihren Schmuck, nur um die Plage loszuwerden. Wie sagt die Mutter, sie soll leben: ›Besser ein Lot Glück als ein Pfund Gold...‹ Unsere ganze Familie hat kein Glück mit den Männern...

FÜNFTER BRIEF

Menachem Mendel aus Jehupez an seine Frau Scheine-Scheindel in Kasriliwke

Der teuren, edlen, tugendhaften und klugen Ehefrau Scheine-Scheindel meinen Gruß!

Zum ersten sei Dir kundgetan, daß ich – Dank Seinem lieben Namen! – gesund bin und mein Leben das des Friedens; der Herr, gelobt sei Er, möge helfen, daß eines vom anderen nur Gutes höre in guter Botschaft zu Trost und Heil – Amen.

Zum zweiten wisse: Ich habe schon zwei Flaschen

Tinte verschrieben und bin schon bei der dritten angelangt. Es ist auch keine Kleinigkeit, eine Stadt wie Jehupez zu beschreiben! Den Anfang habe ich mit dem Gasthof gemacht, wo ich Quartier habe. Vor allem habe ich natürlich die Wirtin vorgenommen. Du wirst natürlich fragen: Warum gerade die Wirtin? Weil es keinen Wirt gibt; sie ist schon seit dreizehn Jahren Witwe. Der Mann war Soldat gewesen und sie seine zweite Frau. Geheiratet hat sie ihn, sagt sie, deshalb, damit sie nachher, bis er ausgedient hat, in Jehupez wohnen kann. Sie hat, sagt sie, mit ihm ein Leben geführt, wie sie es nur ihren ärgsten Feinden wünscht; denn sie ist um gute zwanzig Jahre jünger gewesen als er und als Mädchen, so sagt sie, ein bildschönes Geschöpf; alle Mannsbilder, Juden und Christen, sind hinter ihr her gewesen... Und jetzt muß sie sich darum kümmern, ob vielleicht Menachem Mendel Lust hat, einen Barscht oder ein Krenfleisch zu essen; und davon muß sie einen Sohn aushalten, der Gymnasiast ist, und eine Tochter, die Gymnasiastin ist. Etwas zu arbeiten fällt keinem von beiden ein, sie helfen der Mutter bei keinem Schritt; das sieht nur darauf, daß die Mutter alles fix und fertig ins Maul stopft; am Morgen den Kaffee zum Bett und nachher, wenn sie aus dem Gymnasium kommen, da wird nicht gefragt, ob es langt oder nicht; das Essen muß auf dem Tisch stehen; ist es nicht auf eins, zwei, drei da, dann ist die Hölle los. So sind diese Kinder. Neulich hat das Mädel, die Gymnasiastin, in aller Herrgottsfrüh ein Geschrei gemacht, weil keine Seife da war, ist halbnackt, den ganzen Hals frei, in das Zimmer hereingestürmt, in dem die Gäste beim Tisch gesessen sind und Tee getrunken haben, und ist auf die Mutter los mit Gezeter: »Eine Schweinerei das!« Das haben wir nicht mitanhören können und haben es ihr ordentlich gegeben: Was soll das heißen, studiert man dazu in allen Gymnasiums? »Nicht genug,« sage ich, »daß Deine Mutter sich abrackert, Dir die Stiefel putzt, während Du noch schläfst...« So habe ich zu der Tochter gesagt und wollte gerade anfangen, ihr den Text zu lesen, da fällt der Junge über mich her: »Was geht das Sie an?«... und hat mich hergenommen, wie es nur so ein Frechling kann! Das hat mich ordentlich verdrossen; so habe ich die arme Witwe und ihre lieben Kinder genau beschrieben und hoffe, daß das, bis es gedruckt ist, die beste Moralpredigt sein wird. Die Welt ist groß und es gibt gewiß noch solche armen Witwen und solche Kinder, Gymnasiasten und Gymnasiastinnen, welche ihre Mutter ins Grab bringen... Verstehst Du nun, meine teure Gattin, wofür man mir Geld zahlt? Da ich jedoch sehr beschäftigt bin und keine Zeit habe, fasse ich mich kurz. So Gott will, werde ich Dir im nächsten Brief alles genau berichten. Jetzt gebe Gott nur Gesundheit und Glück. Grüß die Kinder und Schwiegervater und Schwiegermutter, jeden extra von

Deinem Gemahl Menachem Mendel

Richtig: das Wichtigste! Du fragst, wer die Redaktion ist; also hast Du wahrscheinlich nicht verstanden, was das ist. Eine Redaktion ist nicht ein Mensch, sondern einige Menschen, welche sich zusammengetan haben und alle zusammen eine Zeitung herausgeben. Die Zeitung schickt man in alle Städte und nimmt davon Geld ein. Doch da eine Zeitung Stoff haben muß, so bittet uns die

Redaktion zu schreiben und zahlt uns dafür Geld. Wir tun ihr den Gefallen, das heißt: wir schreiben. Und sie druckt es. Verstehst Du jetzt, was das für ein Geschäft ist?

Der Obige

SECHSTER BRIEF

Scheine-Scheindel aus Kasriliwke an ihren Gatten Menachem Mendel in Jehupez

Dem hochgeehrten, edlen und mächtigen Herrn, dem weisen Kenner der Thora, dem hochgelehrten Reb Menachem Mendel ehrfürchtigen Gruß!

Erstens vermelde ich Dir, daß wir alle, Gott sei Dank, beim besten Wohlsein sind; gebe Gott uns, das gleiche von Dir zu hören fürderhin und nichts Schlimmeres.

Zweitens teile ich Dir mit, daß ich meinen Augen nicht getraut habe, wie ich Deinen Brief gelesen habe; rein ein böser Traum! Eine wichtige Sache hat sich der Mann zum Beschreiben ausgesucht! Gott hat ihm eine Witwe beschert mit Kindern, Gott weiß, von wem die sind – und er erbarmt sich ihrer und überzieht sie mit Honig. Wenn ich an Deiner Stelle dort in Jehupez wäre, ich hätte dem Jungen eine andere Beschreibung gegeben; und das Mädel mit den nackten Schultern hätte ich in die Küche auf die Fleischbank gesetzt und sie Kartoffel schälen lassen, statt ihr Moral zu predigen. Moralprediger ist mein Mann geworden, Volksredner. Und dafür kriegt er Geld gezahlt. Wie sagt die Mutter, sie soll leben: ›Es gibt verschiedene Narren auf der Welt…‹ Ich glaube:

Statt in fremde Töpfe die Nase hineinzustecken und sich um anderer Leute Kinder zu kümmern, wäre es gescheiter, sich den Kopf um die eigenen zu zerbrechen. Du bist doch schließlich der Vater Deiner Kinder. Oder nicht? Du solltest hören, wie gut Mojsche-Herschele schon das Alef-Bejß kann – Deine Jehupezer Witwe mitsamt der Redaktion mögen für ihn das Sühnopfer sein. Wäre mir leichter ums Herz, so hätte ich ihn und die anderen Kinder photographieren lassen und Dir ein Bild geschickt, damit Du wenigstens siehst, was Du weggegeben hast für Witwen und Redaktioninnen, Not und Plage, so wie Dir alles Gute wünscht und dauerndes Glück für heut und allezeit

Deine wahrhaft treue Frau Scheine-Scheindel

SIEBENTER BRIEF

Menachem Mendel aus Jehupez
an seine Frau Scheine-Scheindel
in Kasriliwke

Der teuren, edlen, tugendhaften und klugen Ehefrau Scheine-Scheindel meinen Gruß!

Zum ersten sei Dir kundgetan, daß ich – Dank Seinem lieben Namen! – gesund bin und mein Leben das des Friedens; der Herr, gelobt sei Er, möge helfen, daß eines vom anderen nur Gutes höre in guter Botschaft zu Trost und Heil – Amen.

Zum zweiten wisse: Ich bin mit der Wirtin fertig und habe mich jetzt auf die Gäste verlegt, das heißt, ich beschreibe alle die Pechvögel, welche mit mir zusammen dort Quartier haben. Ich kann sagen: dieser Teil ist mir, unberufen, gelungen. Ein Pechvogel ist hier größer als der andere. Der größte von allen aber ist der, den wir ›Glückspilz‹ nennen. Von ihm ist so viel zu schreiben, daß Papier und Tinte nicht ausreichen. Der junge Mann ist selber aus Schwanetz; geheiratet hat er zuerst nach Ladyzyn, dann nach Soroky; seinen Wohnsitz hat er in Jekaterinoslaw genommen und dort hat er sein erstes Geschäft gemacht; er hat begonnen mit Gold zu handeln, das heißt: ein paar Leute haben ihm einige Säckchen Gold verkauft und ihm dafür sein ganzes Bargeld abgenommen; es hat sich aber herausgestellt, daß er Sand eingehandelt hat. Das war bitter. Doch sich, so wie man geht und steht, in den Dnjepr werfen, das hat doch keinen Sinn für einen lebendigen Menschen. Also hat er seinen Stock in die Hand genommen, ist von der Börse fort und hat sich redlich geplagt, Groschen um Groschen erarbeitet, bis er ein paar Rubel gemacht hat. Dann hat er in den Zeitungen angekündigt, daß er ein Geschäft mit einem Kompagnon sucht. Es dauert nicht lange und ein Kompagnon ist da mit einem Prachtgeschäft; das heißt, er hat zusammen mit dem Kompagnon ein Grundstück bei Kryworog gekauft, eine Goldgrube. Man wollte ihnen dafür 255 000 Rubel Ablöse geben. Er sagt aber: »Eine halbe Million oder nichts.« Bei nichts ist es geblieben. Dann hat er sich auf Steinkohlen geworfen und dazu mit einem Ingenieur zusammengetan, einem Deutschen, das heißt, einem Juden, welcher deutsch spricht; sie haben zusammen auf Halbpart einen Schacht gepachtet. Und wie man begonnen hat Kohle zu graben, hat sich im Schacht eine Quelle geöffnet; woher, weiß keiner. Eine Sündflut! Sie haben zwei Maschinen aufgestellt, um das Wasser abzupumpen. Da pumpen sie, dort kommt neues Wasser, kurz, die Sache hätte so bis in die Ewigkeit dauern können. Da hat er auf den Deutschen gepfiffen und mit einem Juden Bekanntschaft geschlossen, welcher Eier aufgekauft hat, angeschlagene Eier, die nicht mehr frisch sind; aus dem Dotter hat er irgend etwas gemacht, den Namen habe ich vergessen. Und unser Mann hat doch Glück: die Maschine platzt, der Jude geht durch und läßt ihn samt den zerschlagenen Eiern zurück. Die Eier haben bald einen solchen Geruch verbreitet, daß man ihn zur Polizei vorgeladen hat; da hat er einmal mitten in der Nacht durchs Fenster springen müssen und sich schnell empfohlen auf Nimmerwiedersehen. Die Eier mochte sich Jekaterinoslaw behalten. Etwas Geld hatte er noch. Damit ist er nach Krementschug gegangen und hat dort mit einem andern zusammen eine Zigarettenhülsenfabrik gegründet. Und gerade mußte er einen Kompagnon kriegen, welcher leidenschaftlich gern Schach spielte; er selbst war auch ein großer Schachfreund; er konnte, sagt er, Tag und Nacht beim Schach sitzen, ohne zu essen, ohne zu trinken, ohne zu schlafen. So haben sie beide so lange Schach gespielt, bis ihnen die leeren Schachteln ohne Hülsen geblieben sind. Wo die Hülsen hingeraten sind – das weiß kein Mensch. Indessen hatte er gehört, daß ein Apotheker in einer kleinen Stadt nicht weit von Krementschug seinen ganzen Laden mit allen Waren halb umsonst verkauft. Das war doch gewiß ein gutes Geschäft. Er ist hin, hat den ganzen Kram mit Sack und Pack erstanden und hat die Ware verpackt. Ein schönes Stück Geld war daran zu verdienen. Zum Unglück befindet sich unter den Waren ein Fäßchen Pulver und das hatte nichts anderes zu tun, als auf der Eisenbahnfahrt in die Luft zu schießen. Es hat den Waggon zerschossen, dem Kondukteur einen Fuß abgeschossen und unser Mann ist kaum mit dem Leben davon. Was sagst Du zu dem ›Glückspilz‹? Er sagt selbst von sich, daß die Fische krepieren, wenn er nur einen Blick in den Fluß tut. Wie Du ihn da siehst, ist er bei all seinem Unglück noch ein Spottvogel. Das ganze Menschlein ist klein und lebhaft, hat leuchtende Augen, der Hut sitzt im Nacken, die Hände stecken in den Taschen und das Gehirn arbeitet – Kombinationen, unendliche Kombinationen! Er sagt, er müsse ›mit einem Schlag‹ Millionär werden; geht es nicht – so packt er seine Siebensachen und fährt nach Amerika. Dort wird er, sagt er, sicher sein Glück machen. Mir redet er zu, mit ihm nach Amerika zu fahren. Er sagt: Solche Leute wie wir sind nirgends verloren. Doch ich wäre total verrückt, wenn ich einen so vornehmen Beruf wie die Schriftstellerei aufgeben wollte, um eine Fahrt nach dem Glück anzutreten! Doch da ich sehr beschäftigt bin und keine Zeit habe, fasse ich mich kurz. So Gott will, werde ich Dir im nächsten Brief alles genau berichten. Jetzt gebe Gott nur Gesundheit und Glück. Grüß die Kinder und Schwiegervater und Schwiegermutter, jeden herzlich von

Deinem Gemahl Menachem Mendel

Richtig: das Wichtigste! Ich begreife nicht, warum ich von der Redaktion nicht die leiseste Antwort habe auf meine erste Arbeit, die ich ihr gesendet habe. Keine Antwort, kein Geld. Ich habe ihr schon drei Briefe geschrieben. Hoffentlich habe ich – so Gott will – heute oder morgen Antwort von ihr. Der Obige

ACHTER BRIEF

Scheine-Scheindel aus Kasriliwke an ihren Gatten Menachem Mendel in Jehupez

Dem hochgeehrten, edlen und mächtigen Herrn, dem weisen Kenner der Thora, dem hochgelehrten Reb Menachem Mendel ehrfürchtigen Gruß!

Erstens vermelde ich Dir, daß wir alle, Gott sei Dank, beim besten Wohlsein sind; gebe Gott uns, das gleiche von Dir zu hören fürderhin und nichts Schlimmeres.

Zweitens teile ich Dir mit, mein teurer Gemahl, daß Du, sowie Du diesen Brief erhältst, um Gottes willen sofort nach Hause fahren mußt; denn mein armer Vater ist schwer krank. Es war schon ein ›Konsolium‹ der Doktoren; sie haben gefunden, daß er, Ach und Weh, Wasser im Bauch hat. Die Schmerzen, die er duldet, sind nicht mitanzusehen. Du kannst begreifen, daß die Mutter, sie soll leben, kaum zu erkennen ist. Sie richtet sich einfach zugrunde für ihn. Sie sagt: ›Wenn man im Haus einen Nachbar hat durch dreißig volle Jahre, muß man auch Mitleid haben…‹ Du aber sitzest dort in dem schönen Jehupez und beschreibst Pechvögel; das Sühnopfer mögen sie sein für meines Vaters Mütze, so wie Dir viel Gutes wünscht und dauerndes Glück für heut und allezeit

Deine wahrhaft treue Frau Scheine-Scheindel

Ich bitte Dich, um Gottes willen: Fahr gleich weg und telegraphiere!

NEUNTER BRIEF

Menachem Mendel aus Jehupez
an seine Frau Scheine-Scheindel
in Kasriliwke

Der teuren, edlen, tugendhaften und klugen Ehefrau Scheine-Scheindel meinen Gruß!

Zum ersten sei Dir kundgetan, daß ich – Dank Seinem lieben Namen! – gesund bin und mein Leben das des Friedens; der Herr, gelobt sei Er, möge helfen, daß eines vom anderen nur Gutes höre in guter Botschaft zu Trost und Heil – Amen.

Zum zweiten wisse: Dein Brief war wie ein Schuß ins Herz. Hätte ich Flügel, so wäre ich wie ein Adler zu Euch nach Kasriliwke geflogen; so aber habe ich nichts und kann mich nicht vom Fleck rühren. Der Wirtin im Gasthof bin ich mehr schuldig als ich Haare auf dem Kopf habe. Außer dem, was ich bei ihr verzehrt habe, habe ich mir von ihr auch jedesmal etwas für Papier und Tinte genommen. Immer habe ich geglaubt – jetzt und jetzt. So viel Papier und Tinte verbraucht, so viel schöne Dinge erfunden, die Finger wundgeschrieben – wenn ich doch wenigstens eine Antwort von der Redaktion bekommen hätte! Sie aber hat den Mund voll Wasser und ist stumm. Das ist gar nicht schön von ihr. Mein Gott: Gefällt Euch meine Schreiberei nicht, so schreibt mir und ich höre auf zu schreiben. Eines anderen Mühe ist für sie Luft; das sehe ich schon. Ein anderer an meiner Stelle, der hätte sie schon von oben bis unten beschimpft. Oder: Wenn ich Geld hätte, so hätte ich ihnen schon längst telegraphiert: ›Rot oder tot!...‹ Ich bin gar nicht imstande, Dir die Sorgen und den Ärger zu schildern und die Mutlosigkeit, die immer größer wird; die Feder will schon nicht mehr schreiben. Was soll ich Dir noch sagen? Ich habe ersucht, man möge mir wenigstens die Zeitung umsonst schicken; auch darauf kriege ich keine Antwort. Hätte ich die ganze Zeit Holz gehackt, ich hätte, glaube ich, mehr verdient. Ich weiß nicht, wie es den anderen Schriftstellern ergeht – aber mit mir sind sie ärger umgegangen als mit dem allergeringsten Kerl. Zu den Höhen hebe ich meine Augen: von wo soll die Hilfe kommen – vielleicht wird der Herr dort oben helfen; denn das Wasser reicht schon bis an den Hals; ärger kann es schon nicht sein!... Da ich aber sehr niedergeschlagen bin, fasse ich mich kurz. So Gott will, werde ich Dir im nächsten Brief alles genau berichten. Jetzt gebe Gott nur Gesundheit und Glück und sende dem Schwiegervater völlige Genesung. Gott gebe es, daß wir alle einander gesund wiedersehen samt den Kindern, nach denen mir so bange ist, daß es mir beinah ans Leben geht.

Dein Gemahl Menachem Mendel

Richtig: das Wichtigste! Der Brief liegt schon zwei Tage bei mir in der Tasche, denn ich habe kein Geld für eine Marke. Ich habe die ganze Zeit gegrübelt, was anzufangen wäre, was man tun könnte, womit beginnen. Ich glaube, daß es keinen Beruf der Welt gibt, mit dem ich es nicht schon versucht hätte. Eines aber habe ich noch nicht probiert: Heiratsvermittlung. Bei uns im Gasthof wohnt ein Jude, der ist Schadchen; und nach seinen Reden ist er ein vermögender Mann. Der Beruf ist freilich nicht so vornehm wie die Schriftstellerei, aber schöner als die Maklerei ist er sicher. Die Hauptsache ist freilich, daß der Herr der Welt ein kleines Stückchen Glück schenkt.

Der Obige

ZEHNTER BRIEF

Scheine-Scheindel aus Kasriliwke an ihren Gatten Menachem Mendel in Jehupez

Dem hochgeehrten, edlen und mächtigen Herrn, dem weisen Kenner der Thora, dem hochgelehrten Reb Menachem Mendel ehrfürchtigen Gruß!

Erstens vermelde ich Dir, daß wir alle, Gott sei Dank, beim besten Wohlsein sind; gebe Gott uns, das gleiche von Dir zu hören fürderhin und nichts Schlimmeres.

Zweitens teile ich Dir mit, daß ich Dir nichts mitzuteilen habe. Ich habe Deinen Brief der Mutter gezeigt! Sie sagt, daß ich allein an allem schuld bin. ›Wie man sich bettet,‹ sagt sie, ›so liegt man.‹ – ›Hättest Du mich‹, sagt sie, ›mit ihm korrespondieren lassen, mit meinem lieben Eidam aus dem Eden, ich hätte ihn schon längst‹, sagt sie, ›hergebracht. Ich hätte es mich nicht verdrießen lassen‹, sagt sie, ›und hätte mir ihn geholt. Er hat Glück,‹ sagt sie, ›daß der Vater auf dem Totenbett liegt und wir beide uns kaum noch fortschleppen können.‹ Das Geld, welches ich Dir jetzt schicke, gehört meiner Mutter – weißt Du, wie gut sie ist? Ich flehe zum lieben Gott: Nur keine Briefe mehr von Dir bekommen! Und sowie Du Jehupez verlassen hast, möge sich die Erde spalten und die Stadt möge versinken wie Sodom mit all ihren Goldgeschäften, Maklern, Vermittlern, Gasthöfen, Wirtinnen, Redaktioninnen, wie Dir wünscht viel Gutes und dauerndes Glück für heut und allezeit

Deine wahrhaft treue Frau Scheine-Scheindel

VI. MENACHEM MENDEL, SCHADCHEN

Menachem Mendel von der Reise an seine Frau Scheine-Scheindel in Kasriliwke

Der teuren, edlen, tugendhaften und klugen Ehefrau Scheine-Scheindel meinen Gruß!

Zum ersten sei Dir kundgetan, daß ich – Dank Seinem lieben Namen! – gesund bin und mein Leben das des Friedens; der Herr, gelobt sei Er, möge helfen, daß eines vom anderen nur Gutes höre in guter Botschaft zu Trost und Heil – Amen.

Zum zweiten wisse: Es geht nicht zusammen, es wird nichts – und wenn Du Dich zerreißen wolltest! Also – gleich wie ich die paar Rubel erhalten habe, die Du mir geschickt hast, habe ich vor allem das Quartier bezahlt und danach gleich begonnen, mich zur Reise zu rüsten. Was willst Du mehr – ich bin schon im Zug gesessen, hatte eine Fahrkarte bis Chwastow, und von Chwastow dachte ich direkt nach Hause zu fahren, nach Kasriliwke. Aber Gott ist mächtig und nun sollst Du hören, was er vermag. Neulich habe ich Dir geschrieben, daß in dem Gasthof, wo ich mein Quartier hatte, auch ein Jude gewohnt hat, der Schadchen ist. Er heißt Leib Lebelski und rühmt sich, daß er bei sich in der Brusttasche die ganze Welt trägt und Berge Goldes verdient. Eines schönen Tages hat er für ganz kurze Zeit wegfahren müssen einer großartigen Vermittlung wegen; er hatte, so hat er gesagt, ein dringendes Telegramm bekommen, alles stehen und liegen zu lassen und sofort zu kommen; so hat er sein ganzes Gepäck bei der Wirtin gelassen und sie gebeten, es einstweilen zu behalten; bis er die Heirat glücklich zustande gebracht hat und zurückkommt, wird er, hat er gesagt, seine Rechnung begleichen. Nun, so wie Du ihn siehst, so haben wir ihn gesehen. Bevor ich weggefahren bin, kommt die Wirtin zu mir: »Sie fahren doch die gleiche Route wie der Schadchen; vielleicht treffen Sie irgendwo den Kerl, den Lebelski, dann geben Sie ihm seine Siebensachen!« Drauf ich: »Wozu«, sage ich, »brauche ich fremdes Gepäck?« Drauf sie: »Sie brauchen keine Angst haben, Geld ist da keines drin, nur Papiere und Fetzen.« Wie ich schon im Zug sitze, binde ich das Paket auf, aus purer Neugier und werfe einen Blick hinein – ein Schatz: Briefe von Schadchonim, Verzeichnisse von verschwägerten Familien und andere Schriften. Unter diesen Schriften – ein langer Zettel in hebräischer Spache, ein Verzeichnis aller heiratsfähigen Männer und Frauen, nach dem Alphabet geordnet; ich wiederhole es Dir wortwörtlich.

Awritz: Chawe, Tochter des vornehmen Reb Lewi Tonkiner… vornehmste Abkunft… Frau: Mirjam Gitel… auch vornehme Abkunft… Tochter groß gewachsen… Schönheit… Viertausend… Gewünscht: ein Studierter

Balta: Feitel, Sohn des geachteten Joßef Hitelmacher… Aufgeklärt… Zionist… Handelsschule beendet… Bei der Assentierung zu schwach… Betet jeden Tag… Gewünscht: Geld

Gluchow: Jefim Bolosni… Apotheker, Christ, rasiert… Liebt die Juden… Verleiht Geld an Krämer… Gewünscht: Temperament

Dubno: Leah, Tochter des vornehmen Reb Majer Korsik… Zahlreiche Verwandtschaft… Kleingewachsen… Rotes Haar… Dibert Französisch… Möglich, viel Geld zu kriegen

…Hassin: Lipe Brasch… Schwager von Itsche Kojsin… Geschäftsführer in der Zuckerfabrik bei Reb Salmen Radomyschler… Einziger Sohn… Schielaugen… Gewünscht: Goldgrube

Winnitza: Chaim Hecht… Junger Mann, macht an der Börse… Großer Verdiener… Wert zehntausend Schitomir: Schlojme Salmen Taratejker, sehr reich… Zwei Töchter… Schönheit prima… Kleinere ein bißchen pockennarbig… Klavier, Deutsch, Französisch… Gewünscht: Studierte… Diplom nicht unbedingt

Chmelnik: Basje Fleckel, sehr vermögend… Witwe, etwas übertragen… Kolossal gescheit… Gewünscht: Thorakenner… auch ohne Geld

Talne: Lehrer Reb Awrejmele Feintschik… Witwer… Bibelkenner… Sucht Witwe mit Geschäft

Jampol: Mojsche Nissel Kimbak… Emporkömmling. – Gattin Frau Belje Leah… Wollen ausheiraten mit aller Gewalt… Soviel Mitgift die andere Seite gibt, doppelt soviel bereit zu geben… Fünfhundert für die Schadchonim bar auf die Hand beim Tellerbrechen… Extrahonorar für den Schadchen von der Schwäherschaft

Kasriliwke: Reb Nußen Korach… Kolossales Vermögen, heißt es… Großes Lügenmaul… Sohn aufgeklärt… Josef Jizchok… Gescheit… Weiß viel… Turgenjeff und Darwin… Stilles Lämmchen… Am liebsten arme Waise… Schönheit aller Schönheiten… Geht nicht auf Geld aus… Gibt er für die Musik, soll er tanzen

Lipowiec: Sohn des geachteten Leibusch Kapote... Glühender Choßid... Prüfung gemacht über acht Klassen... Befaßt sich mit Weltdingen... Spielt Geige und spricht Hebräisch... Gewünscht: Nett und hübsch

Mesbisch: Reb Schimsche Schebsel Schimelisch... Witwer... hat zwei Töchter zu dreitausend... Will selbst noch heiraten... Will durchaus eine Jungfrau

Niemirow: Smitzik... Bernard Mojsewitsch... von der echten Linie der Smitzik... Geschieden aus eigenem Verschulden... Spieler, besonders Preference... Sofort bei Beschau Anzahlung... Entweder Mädchen mit fünftausend oder Geschiedene mit zehntausend

Smila: Perele Dam... Geschieden... Zehntausend... Braucht einen Aufgeklärten... Kommissionär

Enatowka: Hausbesitzer Reb Mendel Opita... Über Siebzig... Aber gut beisammen... Hat drei Frauen überlebt... Will eine Jungfrau

Priluk: Gymnasiast Freitag... Sohn des geachteten Mechel Freitag... Trägt im Hause Hut... Schreibt nicht am Sabbat... Will zwanzigtausend, keinen Groschen weniger... Nimmt auch die Hälfte

Zaryzyn: Nota für den geachteten Witwer Fischer. Wohnt in Astrachan... Versprochen Reisespesen hin und zurück... Außerdem fünfhundert... Dringenden Brief geschrieben, hinkommen... Habe zuerst 25 Rubel Reisespesen verlangt... Porto ersetzen

Krementschug: Majer Berlin... Fürchterlich aufgeklärt und Zionist... Hundert Beschäftigungen... Kommissionen... Gescheit... Vorzüglicher Schachspieler... Talmud aus dem ff... Erstklassiger Redner...

Glänzender Witzbold... Hebräischer Schriftsteller... Höre, daß schon verheiratet

Radomyschl: Enkel des Rabbi Naftali Radomyschler... Beziehung mit Sadagora... Zuckerfabrik... Geld über Geld... Halb Choßid, halb deutsch... Kurze Schläfenlocken, halblanger Rock... Sprachkenntnisse, scharfer Denker... Sucht Schönheit, vornehme Familie, zweihunderttausend, Klavier, perfekt Französisch, Perücke, Tanzen, Lichtgebet freitags, elegant, aber keine Modedame

Schawli: Der geachtete und ehrenwerte Elje Tschernowiljer... Wohnt in Jehupez... Makler in Zucker und Gütern... Kompagnon des geachteten und ehrenwerten Babischke... Einzige Tochter... Verlangt den Mond vom Himmel... Hochgebildet, vom Doktor aufwärts... Von der Assentierung frei... Schön wie Josef aus der Bibel... Gescheit wie König Salomo... Singen, alle Instrumente spielen... Familie ohne Makel... Geld wie Heu... Alle Vorzüge... Einfach ein Brodzki... Telegramm nach Radomyschl gesendet

Tomaschpol: Fünf Töchter... Drei Schönheiten, zwei häßlich... Für alle entweder einen Doktor mit Wohnung und Einrichtung oder Advokaten mit Kanzlei in Jehupez... Nach verschiedenen Seiten Briefe geschrieben

So sitze ich also im Waggon samt dem Paket des Schadchen, lese immer und immer wieder die hebräische Liste der Väter und bräutlichen Töchter und denke dabei: Lieber Vater im Himmel! Wie viele Berufe hast Du doch auf der Welt erschaffen um Deiner lieben Juden willen! Da ist zum Beispiel das Schadchengeschäft.

Kann es einen feineren, vornehmeren, besseren und leichteren Beruf geben als diesen? Was braucht man denn da Besonderes zu tun? Da braucht man wirklich nur ein wenig Hirn im Schädel, daß man mit seinem bißchen Verstand zusammenstellt, welche Leutchen zueinander passen. Zum Beispiel: Awritsch hat ein Mädchen, eine Schönheit, mit zweitausend Rubeln, die einen Studierten will; nun hat Balta einen aufgeklärten Zionisten, der hat Handelsschule studiert und will Geld – da paßt doch beides wie angegossen! Oder nehmen wir Talne; da sitzt ein Jude, Witwer, der sucht eine Witwe mit einem Geschäft – warum soll der sich nicht nach Chmelnik bemühen zur Witwe Baßje Fleckel, die einen Witwer ohne Geld sucht, wenn er nur ein Talmudgelehrter ist? Siehst Du, meine teure Gattin, da heißt es nur kombinieren! Wäre ich ein Schadchen geworden, ich würde das Geschäft ganz anders einrichten: ich würde mir alle Schadchonim in der ganzen Welt aufnotieren, alle ihre Listen zusammennehmen und dann anfangen zu paaren, zuerst auf dem Papier natürlich, den jungen Mann mit jenem Mädchen, das Mädchen mit jenem Mann. In jeder Stadt hätte ich einen Kompagnon; wieviel Städte, soviel Kompagnons. Und was als Gewinn abfällt, wird geteilt, mir ein Stückchen, Dir ein Stückchen. Meiner Seel, es würde sich lohnen, ein Büro in Jehupez oder in Odessa zu eröffnen und Leute anzustellen zum Briefschreiben und Telegraphieren – ich selbst aber tue nichts als ruhig am Schreibtisch sitzen und paaren und kombinieren!

Während solche Gedanken, Phantasien und Kombinationen in meinem Kopf durcheinanderwirbeln, da weht mir ein guter Wind einen Menschen in den Waggon; er ist behaart von oben bis unten, schleppt einen Sack mit sich, jappt wie eine Gans und spricht mich in einer sonderbar bescheidenen Art an, gar nicht wie man es sonst gewöhnt ist: »Junger Mann,« sagt er, »ich kann wohl darauf rechnen, daß Ihr in Eurem Alter Euch bemühen werdet,« sagt er, »sofort ein wenig hineinzurükken damit«, sagt er, »ein Jude, wie zum Beispiel ich, die Ehre hat, sich für einen Augenblick als Nachbar zu Euch zu setzen?« – »Warum nicht? Oh, mit dem größten Vergnügen!« so antworte ich, rücke mich weg und mache ihm Platz; dabei werfe ich so nebenbei, aus Höflichkeit, die Frage hin: »Woher ist der Herr?« – »Von wo ich komme, fragt Ihr? Von Koretz,« antwortet er, »mein Name ist Uscher; genannt werde ich Reb Uscher Schadchen. Ich bin jetzt,« sagt er, »wie Ihr mich da seht, mit Gottes Hilfe beinahe vierzig Jahre Schadchen.« – »So so,« sage ich, »Ihr seid also auch Schadchen?« – »Das heißt also,« sagt er, »wörtlich genommen, daß Ihr ganz bestimmt auch ein Schadchen seid, also – Bruderherz, Euch gebührt«, sagt er, »nach Rechtens Brauch in aller Form ein Scholem-Alejchem!« So redet mich der Schadchen an, reicht mir eine fleischige, weiche, haarige Hand und stellt eine Frage, eben auch aus Höflichkeit: »Wie heißt Ihr?« Drauf ich: »Menachem Mendel...« – »Der Name kommt mir bekannt vor,« wirft er ein, »ich habe ihn schon irgendwo gehört, ich weiß nur nicht wo. Hört an,« sagt er, »Reb Menachem Mendel, was ich Euch sagen werde. Da nun einmal«, sagt er, »das Unglück des Geborenwerdens so groß ist, das heißt, da der Herr da droben«, sagt er, »in Seinem allmächtigen Ratschluß es so gefügt hat, daß wir zwei Menschenkinder, beide Schadchonim«, sagt er, »aufeinanderprallen an einem Weltpunkt, so wäre wohl«, sagt er, »die Annahme gestattet, daß wir eben hier an Ort und Stelle, auf der Fahrt, in einem und demselben Wagen, etwas zustande bringen sollen?« – »Ja, aber,« sage ich, »was sollen wir zustande bringen?« – »Vielleicht habt Ihr«, sagt er, »einen Interessenten für guten Wein in schlechtem Faß?« – »Ja, aber,« sage ich, »was heißt bei Euch guter Wein in schlechtem Faß?« – »Zu dienen, sofort,« sagt er, »augenblicklich, auf der Stelle will ich Euch Aufklärung geben, daß Ihr Euch einen Vers drauf machen könnt. Wie steht also die Sache? Paßt gut auf! Ich habe«, sagt er, »in Jarmelinetz eine Ware, primissima, ein Juwel geradezu; Reb Itzikel Taschratz heißt er. Natürlich, vornehme Abkunft – da ist nichts zu sagen. Man kann sagen,« sagt er, »daß er ganz mit Vornehmheit überzogen ist. Denn abgesehen davon, daß er selbst«, sagt er, »von sehr vornehmer Familie ist, ist seine Frau noch vornehmer als er. Der einzige Fehler an der ganzen Sache«, sagt er, »ist nur, daß er sich für seine Vornehmheit hundertfältig zahlen lassen will. Wieviel Mitgift er gibt, doppelt soviel, will er, soll die andere Seite geben...« – »Still,« sage ich, »ich glaube, daß genau der Artikel zu haben ist, den Ihr braucht.« Ich mache mich über mein Paket her, ziehe das Vormerkbuch des Schadchens Leib Lebelski heraus, schlage Jampol auf und mache ihm deutlich: »Da ist der Mann,« sage ich, »eben der, den Ihr sucht. Leset selbst, so werdet Ihr es gleich haben: Mojsche Nissel Kimbak... Emporkömmling – das heißt, einer, der vor kurzem erst reich geworden ist – Wollen ausheiraten mit aller Gewalt –, das heißt, sie gehen drauf los. – Soviel Mitgift die andere Seite gibt, doppelt so viel bereit zu geben, – das heißt also, genau doppelt soviel. Ist das genau das, was Ihr braucht oder nicht?...«

Wie er diese Worte hört und noch dazu liest, daß ebender Mojsche Nissel Kimbak den Schadchonim fünfhundert bar auf die Hand beim Tellerbrechen zugesagt hat und ein Extrahonorar von der anderen Seite, – da springt mein Reb Uscher auf, faßt mich bei der Hand und ruft: »Masel-tow, Reb Menachem Mendel, wir haben ein Geschäft gemacht. Ich habe«, sagt er, »bei Euch im Körbel, wenn ich recht sehe, Eierkuchen gesehen, Tee, Zucker und noch was Feines; es wäre nicht schlecht,« sagt er, »inzwischen eine kleine Probe zu machen; und wenn wir, so Gott will, in Frieden nach Chwastow kommen, da werdet Ihr so gut sein, Euch um heißes Wasser zu bemühen. Ich habe«, sagt er, »bei Euch einen Teekessel gesehen; da wollen wir uns an ein paar Gläschen wärmen. Und wahrscheinlich«, sagt er, »kriegen wir auf dem Bahnhof auch ein Schnäpschen, so siebenundfünfziggrädig; da wollen wir in einem Aufwaschen«, sagt er, »aufs Wohl meines Edelmannes aus Jarmelinetz und Eures Jampoler Emporkömmlings trinken, der krank ist vor Sehnsucht nach der Hochzeit; sie möge«, sagt er, »zu guter, glücklicher Stunde sein.« – »Amen,« sage ich, »aus Eurem Munde gleich zu Gottes Ohr! Aber die Sache geht gar nicht so schnell«, sage ich, »wie wir sie bereden.« Da fällt er mir ins Wort, der Schadchen nämlich: »Laßt Euch sagen, Reb Menachem Mendel,« sagt er, »Ihr wißt nicht, mit wem Ihrs zu tun habt. Ihr habt keinen Schulbuben vor Euch. Ihr sprecht jetzt«, sagt er, »mit einem weltbekannten Schadchen, der Reb Uscher genannt wird und der nicht so viel Haare auf dem Kopf hat, wieviel Heiraten er schon mit Seines lieben Namens Hilfe zusammengebracht hat. Wir beide«, sagt er, »mögen so viele Hunderter im Vermögen haben, wieviel Ehepaare sich schon mit meiner Hilfe geschieden haben und wieder verheiratet und wieder geschieden... Ich,« sagt er, »ich brauche nur einen Blick auf ein Verzeichnis zu werfen, da merke ich sofort, ob es gehen wird oder nicht. Euer Mojsche Nissel«, sagt er, »gefällt mir; freilich muß da etwas faul sein, denn wie wäre es möglich«, sagt er, »daß er so aufs Ausheiraten fliegt und Extrageschenke für die Schadchonim verspricht? Ich sehe schon,« sagt er, »da muß irgendwo ein Wurm sitzen. Also ein wurmstichiger Apfel...« – »Ja, aber,« sage ich, »was ist da zu tun?« – »Zu tun«, sagt er, »ist da eine einfache Sache: Wir beide müssen uns bald trennen,« sagt er, »jeder nach einer anderen Richtung; ich«, sagt er, »nach Jarmelinetz zu meinem wohledlen Reb Itzikel Taschratz und Ihr nach Jampol zu eurem Mojsche Nissel Kimbak. Selbstverständlich! Wir beide«, sagt er, »müssen alle Geigen klingen lassen. Ihr Eurerseits müßt dazusehen, daß eben der wurmstichige Apfel etwas zulegt und ich meinerseits«, sagt er, »will mit aller Kraft drauf losarbeiten, daß mein Taschratz wirklich die volle Hälfte gibt, wie er mir geschrieben hat. Denn das ist nicht so einfach,« sagt er, »mit einem Juden, der mit Vornehmheit handelt.«

Wie du siehst, meine teure Gattin, hat die Sache als Scherz angefangen, rein zum Spaß, und daraus wurde wahrhaftiger Ernst; denn über kurz oder lang waren wir in Chwastow. In Chwastow angekommen, haben wir vor allem Tee getrunken, dazu fein gefrühstückt und uns darangemacht, die Sache sehr ernsthaft zu besprechen. Mir war die Sache anfangs unangenehm: Was für ein Schadchen bin ich? Und seit wann bin ich Herr über fremde Notizen? Schließlich – wenn mans ordentlich betrachtet, ist das doch Raub! Wie wenn wer einen Beutel voll Gold verloren hätte und ich habe ihn eingesteckt. Doch wenn mans wieder von der anderen Seite besieht – kommt jemand zu Schaden? Nein. Denn wird was daraus, so gehts auf Halbpart! Ich bin doch kein Dieb und Räuber, der fremdes Eigentum nimmt! Kurz und gut, ich habe mir die Sache von allen Seiten angesehen und es ist dabei geblieben, daß wir beide uns auf den Weg machen, er nach Jarmelinetz, ich nach Jampol. Verabredet haben wir folgendes: Sowie ich ankomme, soll ich ganz genau auskundschaften, was der Grund ist, daß Mojsche Nissel Kimbak es mit dem Ausheiraten so eilig hat. Wenn ich mir dann das Haus angesehen habe und die ganze Sache mir gefällt, soll ich ihm nach Jarmelinetz telegraphieren: so und so; darauf wird er mir zurücktelegraphieren: so und so; und dann wird man etwa nach Schmerinka zur Beschau fahren, und wenn das Paar für einander bestimmt ist, wird es Hochzeit geben. »Das Wichtigste«, sagt er zu mir, »müßt Ihr in acht nehmen, Reb Menachem Mendel; keine Kosten scheuen und depeschieren. Denn bei einer Heirat«, sagt er, »sind die Depeschen die Hauptsache…« – »Wenn ein Brautvater«, sagt er, »eine Depesche sieht, holt ihn der Teufel…« Nun, es war soweit; wie wir die

Fahrkarten lösten – da stellt sich heraus, daß mein Allerweltschadchen Reb Uscher nicht Geld genug für die Reise hat. Er hat sich – sagt er – bis auf den letzten Groschen für Depeschen ausgegeben. »Ich wünsche Euch alle Monate das zu verdienen,« sagt er, »was mich in einer Woche die Depeschen samt den Telegrammen kosten.« Begreifst Du jetzt? So ein Geschäft hat ein Schadchen! Kurz und gut, der Zug wartet doch nicht; so habe ich meine paar Rubel zulegen müssen; denn wegen des Reisegeldes geht kein Geschäft auseinander; wir haben unsere Adressen ausgetauscht, herzlichen Abschied genommen und sind weggefahren, er nach Jarmelinetz und ich nach Jampol.

In Jampol angekommen, habe ich zuallererst wohlweislich begonnen, alles genau auszukundschaften: »Wer ist eigentlich dieser Mojsche Nissel Kimbak?« Und man sagt mir: Allen Juden gesagt, wer er ist!… »Hat er viele Kinder?« Und man sagt mir: »Viele Kinder haben nur arme Leute, was ein Reicher ist, hat nicht mehr als ein Kind…« – »Was für ein Kind?« Und man sagt mir: »Eine Tochter…« – »Eine schöne Tochter?« Und man sagt mir: »Es reicht für zwei…« »Gibt er anständige Mitgift?« Und man sagt mir: »Wieviel er auch gibt, so tut es ihm nicht weh, wenn er auch zweimal soviel gibt…« Da setze ich den Haken an: »Warum?« Ich versuche da, versuche dort – nichts herauszukriegen. Also ziehe ich meinen Sabbatrock an und mache mich auf zu meinem Mann.

Also, ich soll Dir die Wohnung beschreiben? Das ist nicht so einfach! Eine reiche Wohnung mit allem, was gut und teuer ist, und die Leute – Diamanten! Wie ich sage, wer ich bin und weshalb ich komme, haben sie mich fürstlich aufgenommen, mir mit süßem Tee aufgewartet, mit Lebkuchen und duftendem Eßrogimkompott und haben ein Fläschchen Weichsel zu Tisch gestellt. Der Brautvater selber, Mojsche Nissel nämlich, der hat auf mich sofort den besten Eindruck gemacht: Ein leutseliger Mensch, gutmütig; man kann ruhig sagen: der Mann hat keine Galle. Auch die Brautmutter, sie heißt Bejle-Leah, hat mir sofort gefallen, wie ich sie nur gesehen habe. Eine schöne Frau mit doppeltem Kinn, still, zaddikisch – vornehm. Beide haben begonnen aus mir herauszuziehen, wer die Leute von der anderen Seite seien, ob der Sohn wohlgeraten sei und was für Kenntnisse er besitze. Was sollte ich ihnen sagen? Ich wußte doch selbst nichts. Doch ein Jude, der etwas gelernt hat, weiß sich Rat. So sage ich ihnen: »Erst wollen wir mit einer Seite fertig werden; nachher reden wir von der anderen Seite. Zuallererst«, sage ich, »muß ichs auf Heller und Pfennig genau wissen: wieviel gebt Ihr? Und zum zweiten möchte ich mir gern das Juwel anschauen.« Wie er solche Rede hört, wendet sich der Brautvater, Mojsche Nissel nämlich, zur Brautmutter, sie heißt Bejle-Leah: »Wo ist eigentlich Sonitschka? Ruf sie doch herein!« – »Sonitschka zieht sich noch an«, antwortet ihm die Brautmutter, Bejle-Leah heißt sie, steht auf und verschwindet im nächsten Zimmer; ich und der Brautvater, nämlich Mojsche Nissel, bleiben allein miteinander, nippen ein wenig Weichsel, naschen etwas Eßrogimkompott und kommen ins Reden. Wovon wir geredet haben? Von allem Übel will ich soviel wissen wie davon.

Von Gott weiß was, von einem Jahrmarkt im Himmel. »Seid Ihr schon lang Schadchen?« wirft er so hin und schenkt mir noch ein Gläschen Weichsel ein. »Seit meiner Hochzeit,« antworte ich, »mein Schwiegervater ist auch Schadchen und mein Vater«, sage ich, »ist auch Schadchen gewesen, alle meine Brüder sind Schadchonim, überhaupt fast unsere ganze Familie«, sage ich, »besteht aus Schadchonim.« So werfe ich ihm eine Lüge nach der anderen an den Kopf und zucke dabei nicht einmal mit der Wimper; doch ich fühle, daß ich rot werde. Ich weiß selber nicht, woher ich alle diese Lügen genommen habe. Doch – was blieb mir übrig? Wie sagt Deine Mutter: ›Wenn man in den Dreck tritt, bleibt man bald drin.‹ Mein Entschluß war fest, wie ichs Dir schon gesagt habe: Wenn der Herr mir Glück schenkt und ich dieses Geschäft glücklich zusammenreiße, dann werde ich meinen Anteil am Verdienst, so Gott will, ohne den geringsten Einwand, auf die Hälfte mit dem Schadchen Leib Lebelski teilen, welcher im Gasthof sein Bündel Schriften vergessen hat. Wie steht es eigentlich mit uns beiden? Eigentlich – könnte man nicht nach Recht und Billigkeit entscheiden, daß mein Anteil zur Gänze ihm gehört, dem Leib Lebelski nämlich? Darauf ist jedoch zu sagen: Und wo bleibe ich dabei? Ich bin doch bei dieser Sache, wenn man es recht betrachtet, der ganze Macher. Und hat meine Arbeit gar keinen Wert? Und Lügen loszulassen für seine Rechnung bin ich – ich glaube – auch nicht verpflichtet. Und schließlich: Wer weiß? Vielleicht hat Gott es so gelenkt, daß ich finde, was er verloren hat, und um meines Verdienstes willen drei Juden Geld verdienen?

Während ich so überlege, öffnet sich die Tür und die Brautmutter, Bejle-Leah nämlich, kommt herein. Und gleich hinter ihr – Sonitschka, die Braut nämlich. Schön, groß, gesund und drall, wie ihre Mutter. »Na, der Wuchs und die Rundung – unberufen!« denke ich im stillen, »das ist keine Sonitschka mehr, das ist eine wirkliche kugelige Sonne...« Angezogen ist sie, die Braut nämlich, nach der neuesten Mode, in einem langen Kleid und ebensolcher Schürze; sie sieht eher wie eine Frau aus; nicht dem Alter nach, sondern nach ihrer Rundheit; geradezu gefährlich! man müßte eigentlich mit ihr ein wenig ins Reden kommen und sehen, was für ein Geschöpf Gottes das ist; doch er läßt es nicht dazu kommen, der Vater nämlich. Er redet und redet ununterbrochen, überschüttet mich eimerweise mit Gerede. Und was meinst Du? Wovon spricht er? Von Jampol; was für eine Stadt das ist, eine Stadt von Klatsch und Mißgunst, wo einer dem anderen feind ist bis in den Tod und ihn in einem Löffel Wasser ertränken möchte. Und in dieser Art drischt er leeres Stroh. Zum Glück mischt sich die Brautmutter, Bejle-Leah nämlich, ins Gespräch und sagt zu ihrem Mann: »Mojsche Nissel, hast Du nicht schon genug geredet? Laß lieber Sonitschka ein wenig Klavier spielen.« – »Du hast recht!« antwortet ihr der Brautvater, Mojsche Nissel nämlich, und gibt der Tochter ein Zeichen. Und sie geht zum Klavier, setzt sich hin, öffnet ein großes Buch und klopft mit den Fingern los, was das Zeug hält. Da ruft ihr die Mutter, Bejle-Leah nämlich, zu: »Sonitschka, mußt Du denn die ›Entuden‹ spielen? Spiel doch lieber ›Ein Kosak fährt auf dem Don‹ oder ›Das ist die Liebe‹ oder vielleicht ›Krakowiak‹...« –

»Einen Augenblick, ich bin noch nicht fertig«, antwortet ihr Sonitschka und fährt mit den Fingern so eilig übers Klavier, daß das Auge gar nicht folgen kann; und die Mutter, Bejle-Leah nämlich, läßt währenddessen kein Auge von ihr, so, als wollte sie sagen: ›Das sind Finger!‹ Wie sie so spielt, stiehlt sich mein Brautvater mit der Frau aus dem Zimmer und ich bleibe allein mit dem Mädchen, mit Sonitschka nämlich, unter vier Augen. ›Jetzt ist die Zeit da‹, denke ich bei mir, ›mit ihr ins Reden zu kommen; wir wollen hören, ob sie reden kann.‹ Doch womit beginnen? Ich will so von allem Bösen wissen, wie ich das weiß! Ich stehe auf, gehe zum Klavier, stelle mich hinter ihren Rücken und mache mich ihr bemerkbar: »Entschuldigt, Sonitschka, daß ich Euch im Spiel unterbreche; ich möchte Euch etwas fragen...« Sie wendet den Kopf nach mir, wirft mir einen ärgerlichen Blick zu und sagt mir russisch: »Nun?« – »Nun,« sage ich, »ich wollte Euch fragen, was für Wünsche Ihr habt; das heißt, was für eine Gattung Bräutigam soll man Euch geben?« – »Sehen Sie,« sagt sie schon ein wenig weicher und schlägt die Augen nieder, »selbstverständlich möchte ich einen Studierten, doch ich weiß, daß das nicht so einfach ist; also möchte ich einen, der ordentlich aussieht, vor allem gebildet ist; denn wenn auch unser Jampol eine Provinzstadt ist, so haben wir doch alle russische Bildung genossen und wenn wir auch nicht die große Welt sind, so werdet Ihr bei uns doch niemand finden, der nicht Emile Zola kennen würde, Puschkin und zumeist auch Gorki...« So redet zu mir das Juwel, Sonitschka nämlich, und redet und redet halb jiddisch, halb russisch, eigentlich mehr russisch als jiddisch. Indessen kommt die Mutter, Bejle-Leah nämlich, und ruft die Braut, als wollte sie sagen: ›Alles mit Maß...‹ Und mein Brautvater, Mojsche Nissel nämlich, kommt wieder herein und wir setzen uns selbander nieder, um von der Heirat zu reden, wieviel er Mitgift gibt, wohin man zur Beschau fahren soll, für wann die Hochzeit festzusetzen wäre und dergleichen, was zum Geschäft gehört. Und ich stehe auf und will zur Bahn ein Telegramm aufgeben; da faßt er, Mojsche Nissel nämlich, mich bei der Hand und sagt: »Ihr werdet nicht gehen, Reb Menachem Mendel! Erst werdet Ihr mit uns etwas essen, Ihr seid gewiß hungrig!« Nun – man wäscht sich zum Essen, trinkt ein paar Gläschen Weichsel, und er, Mojsche Nissel nämlich –, er ist unermüdlich; sein Mund steht keine Sekunde still: Jampol, Jampol, Jampol... »Ihr wißt nicht,« sagt er, »was für eine Stadt das ist! Eine Stadt von Müßiggängern und Klatschmäulern. Wenn Ihr mir folgt,« sagt er, »haltet Euch beiseite und redet mit keinem ein Wort. Erzählt den Leuten«, sagt er, »keine Geschichten, wer Ihr seid und woher und was Ihr hier zu tun habt; und meinen Namen nennet ihnen nicht einmal, so, als kenntet Ihr mich überhaupt nicht. Versteht Ihr, Reb Menachem Mendel? Ihr kennt mich überhaupt nicht!« So redet er in mich hinein, wiederholt zehnmal dasselbe; endlich gehe ich fort und schicke ein Telegramm an meinen Kompagnon nach Jarmelinetz, wie wir verabredet haben. Ich depeschiere ihm meine Depesche ganz klar mit diesen Worten: ›Ware besichtigt, prima Qualität. Sechstausend. Drahtet sofort Gegengebot und wo zusammentreffen.‹ Am nächsten Morgen kommt die Antwort: ›Unbedingt zehn. Gegengebot halb Sechs. Arbeit auf Vergleich. Beschau Schmerinka. Ware prima. Drahtet.‹ Ich laufe sofort zu meinem Brautvater, zu Mojsche Nissel nämlich, zeige ihm die Depesche und bitte ihn, mir den Sinn zu erklären; denn ich verstehe nicht ein Wort. Er liest die Depesche durch und sagt: »Mann! Was ist da nicht zu verstehen? Die Sache ist doch sonnenklar. Er will, daß ich zehn gebe, versteht Ihr? Dagegen gibt er die Hälfte von Sechs, das heißt Dreitausend. Schreibt ihm,« sagt er, »daß er zu gescheit ist. Mein Gebot ist kurz und bündig: Wieviel er gibt, doppelt so viel gebe ich. Und schreibt ihm,« sagt er, »er möge nicht viel Worte machen,« sagt er, »schreibt ihm, es findet sich noch ein anderer für mein Kind.« Ich tue nach seinem Rat und schicke meinem Kompagnon folgende Depesche: ›Ein Wort. Wieviel er, doppelt soviel er. Nicht herumreden. Andere Käufer vorhanden.‹ Ich bekomme von meinem Uscher bald Antwort, wieder unverständlich: ›Gegenseite halb weniger eins. Ware außerordentlich.‹ Ich laufe wieder mit der Depesche zu meinem Brautvater und er sagt mir abermals: »Die Sache ist sonnenklar; Euer Kompagnon«, sagt er, »schreibt, daß er bereit ist, genau die Hälfte zu geben, nur um einen Tausender weniger; das heißt also: wenn ich, zum Beispiel, zehntausend«, sagt er, »niederlege, sollte er fünf geben; nun will er eins abziehen, so kommt heraus,« sagt er, »daß ich volle zehn geben muß und er nicht mehr gibt als vier. Ein Schlaukopf,« sagt er, »Euer Schwäher; er will mich beschwindeln von oben bis unten. Ich bin aber«, sagt er, »Kaufmann und verstehe was vom Geschäft. Ich will lieber«, sagt er, »doppelt soviel geben wie er und einen Tausender dazu, als daß er die

Hälfte weniger einen Tausender gibt. Das kommt so heraus«, sagt er: »Wenn er drei gibt, gebe ich sieben; gibt er vier, gebe ich neun; gibt er fünf, lege ich elf hin; habt Ihr«, sagt er, »begriffen? Geht gleich«, sagt er, »und schreibt ihm dringend, er möge die Sache nicht auf die lange Bank schieben; und er soll Euch«, sagt er, »auch dringend antworten, damit man nach Schmerinka fahren kann – und die Sache endlich ein Ende hat!«

Ich laufe und schicke meinem Uscher eine dringende Depesche: ›Gebt Ihr drei, dagegen sieben; gebt Ihr vier, dagegen neun; gebt Ihr fünf, dagegen elf. Nicht lange Bank schieben. Dringdrahtet, wann fahret.‹ – Und ich bekomme ein dringendes Telegramm, nur zwei Worte: ›Fahren. Fahret.‹

Wann kommt eine so wichtige Depesche an? Natürlich bei Nacht. Du kannst Dir denken, daß ich in dieser Nacht nicht schlafen konnte. Ich habe begonnen auszurechnen, wieviel ungefähr auf meinen Teil entfallen würde, wenn, zum Beispiel, der Herr hilft und ich die ganze Liste ausheirate, die der Leib Lebelski verloren hat. Ist denn so etwas bei Gott nicht möglich? Ich habe mich fest entschlossen, wenn, so Gott will, dieses Geschäft zustande kommt, mit meinem Uscher immer zusammenzuarbeiten. Denn er hat mich für sich eingenommen; er ist ein anständiger Mensch und hat Glück. Natürlich kommt Leib Lebelski auch nicht zu kurz. Wie auch nicht? Er ist doch leider auch ein armer Jude, gesegnet mit Kindern... Wie ich nur sehe, daß es Tag wird, habe ich das Gebet verrichtet, bin eilends zu meinen Leuten hin und habe ihnen die Depesche gezeigt. Sie haben gleich Kaffee und Buttergebäck auftischen lassen und es wurde bestimmt, daß wir noch am selben Tag selbviert nach Schmerinka fahren. Doch damit Jampol sich nicht das Maul zerreißt, weshalb wir alle vier zusammen fahren – haben wir es so eingerichtet, daß ich mit dem ersten Zug reise und sie mit dem nächsten; inzwischen soll ich in Schmerinka für ihre Rechnung ein ordentliches Logis vorbereiten und ein Nachtmahl bestellen, wie Gott es geboten. Und so geschah es auch. Ich bin früher als alle andern nach Schmerinka gekommen, vor dem schönsten Gasthof vorgefahren, dem einzigen in Schmerinka, mit der Aufschrift ›Odessaer Restaurant‹, habe wohlweislich zuallererst mit der Wirtin Bekanntschaft geschlossen, einer feinen, gastfreundlichen Frau, und sie zunächst ein wenig ausgefragt: »Was gibt es bei Ihnen zu essen?« Drauf sie: »Was wünschen Sie?« Ich sage: »Haben Sie Fische?« Drauf sie: »Die kann man kaufen.« Ich sage: »Nun, und Suppe?« Drauf sie: »Suppe kann man auch anstellen.« Ich sage: »Was für eine, Nudel- oder Reissuppe?« Drauf sie: »Auch Mandelsuppe, wenn Sie wollen.« Ich sage: »Nun, und wie wäre es etwa, zum Beispiel, mit Entenbraten?« Drauf sie: »Für Geld gibt es auch Enten.« Ich sage: »Nun, und gibt es was zum Trinken?« Drauf sie: »Warum nicht?« Ich sage: »Ist Bier da?« Drauf sie: »Warum soll keines da sein?« Ich sage: »Nun, und Wein?« Drauf sie: »Für Geld...« – »Wenn es so steht,« sage ich, »seid so gut, liebe Frau, und bereitet ein Nachtmahl für acht Personen vor.« Drauf sie: »Woher nehmt Ihr die acht Personen; Ihr seid im ganzen nur einer.« Ich sage: »Wunderliches Weib! Was geht das Euch an? Man sagt Euch acht, also sind es acht.« Wie wir so reden, kommt mein Reb Uscher herein, fällt mir um den

Hals und küßt mich ab wie der eigene Vater. »Das Herz hat es mir gesagt,« sagt er, »daß ich Euch da treffen werde im ›Odessaer Restaurant‹! Gibt es da«, sagt er, »einen kleinen Imbiß?« – »Soeben«, sage ich, »habe ich ein Nachtmahl für acht Personen bei der Wirtin bestellt.« – »Was geht mich das Nachtmahl an?« sagt er. »Das ist eine Sache für sich. Doch bis die Gesellschaft von beiden Seiten sich zusammenklaubt, sind wir«, sagt er, »doch nicht verpflichtet zu fasten. Ich sehe,« sagt er, »daß Ihr da gut bekannt seid; seid so freundlich, laßt für uns etwas Eßbares vorbereiten und inzwischen ein Gläschen Schnaps und dazu ein Stückchen Fleisch als Imbiß geben. Es ist mir schon schwach ums Herz«, sagt er, »vor Aufregung.« So sagt Reb Uscher, macht nicht viel Geschichten, geht in die Küche sich waschen, schließt Bekanntschaft mit der Wirtin, läßt auftischen was da ist, und wir setzen uns beide gemütlich zum Festmahl. Während des Essens erzählt mir Reb Uscher Romane und Wunder, wie er die Sache eingefädelt hat, das wilde Meer geteilt und mit Müh und Not bei seinem Edelmann durchgesetzt hat, daß er dreitausend gibt. »Was heißt dreitausend?« sage ich. – »Wir haben doch von wenigstens viertausend gesprochen?« – »Nur langsam,« sagt er, »nur langsam, Reb Menachem Mendel; ich weiß, was ich zu tun habe. Ich heiße Reb Uscher! Ihr müßt wissen,« sagt er, »daß mein Edelmann überhaupt im Sinn hatte, Null mit Null zu geben; er ist doch, so sagt er, von vornehmster Abkunft und seine Frau noch vornehmer. Und wenn er, so sagt er, mit Gott weiß wem sich verschwägern wolle, man würde ihm noch, wie er sagt, zuzahlen… Kurz und gut, ich habe«, sagt er, »genug gearbeitet wie ein Holzhacker, daß er sich dazu herbeiläßt, alles in allem zweitausend zu geben.« – »Was soll das heißen,« sage ich, »zweitausend? Ihr habt doch soeben«, sage ich, »von dreitausend gesprochen?« Wieder sagt er: »Nur langsam, Reb Menachem Mendel, ich bin ein älterer Schadchen als Ihr und heiße Reb Uscher. Laßt nur die beiden Parteien ankommen und Bräutigam und Braut einander zu Gesicht kriegen, da wird sich schon – so Gott will – alles in Freude und Wonne lösen; wegen lumpiger tausend Fetzen geht bei mir«, sagt er, »keine Heirat flöten. Ich heiße Reb Uscher, versteht Ihr? Eine Kleinigkeit«, sagt er, »freilich drückt mich noch.« – »Was drückt Euch eigentlich?« sage ich. »Mich drückt«, sagt er, »die Assentierung. Ich habe«, sagt er, »meinem Mann eingeredet, daß Euer Mojsche Nissel ein blutjunges, milchgesichtiges Bürschchen hat, doch daß er sich den Teufel um die Assentierung kümmert, daß er sie schon los ist...« – »Was plappert Ihr, Reb Uscher?« fahre ich auf meinen Kompagnon los. »Was für eine Assentierung? Wo hat die Katze den Schwanz?« Wieder sagt er: »Nur langsam, Reb Menachem Mendel, ich heiße Reb Uscher!« – »Meinetwegen könnt Ihr achtzehnmal Reb Uscher heißen,« sage ich, »deswegen verstehe ich noch immer nicht, was Ihr wollt; Ihr schnattert unaufhörlich: ›Assentierung, Spassentierung‹; woher kommt zu meinem Mojsche Nissel eine Assentierung? Haben denn Weiber auch schon Assentierung?« Reb Uscher fragt: »Was heißt – Weiber? Und wo bleibt Eures Mojsche Nissel Sohn?« – »Wann hat Mojsche Nissel«, sage ich, »einen Sohn bekommen, wenn er einzig und allein eine Tochter sein eigen nennt, ein einziges Kind, also eines und nicht mehr?« – »Das heißt also,« sagt er, »daß bei Euch auch ein Mädel da ist? Aber wir haben doch«, sagt er, »fortwährend über einen Bräutigam geredet!« – »Natürlich«, sage ich, »über einen Bräutigam. Ich habe aber fest darauf gerechnet,« sage ich, »daß Ihr des Bräutigams Schadchen seid!« – »Wo ist das ausgemacht worden,« sagt er, »daß des Bräutigams Schadchen ich bin?« – »Wo ist das ausgemacht worden,« sage ich, »daß des Bräutigams Schadchen – ich bin?« – »Warum«, sagt er, »habt Ihr mir nicht verraten, daß Ihr ein Mädel habt!« Drauf ich: »Habt Ihr mir vielleicht verraten, daß Ihr ein Mädel habt?« Er wird wütend und schreit mich an: »Wißt Ihr, was ich Euch sagen werde, Menachem Mendel? Ihr seid so ein Schadchen wie ich ein Row!« Drauf ich: »Und Ihr seid so ein Schadchen wie ich eine Rebbezen!« Ein Wort gibt das andere; er zu mir: »Melamed!« Ich zu ihm: »Lügner!« Er zu mir: »Unmensch!« Ich zu ihm: »Saufbold!« Das ärgert ihn und er geht auf mich mit einer gewaltigen Ohrfeige los; ich nicht faul, fahre ihm in den Bart – ein Skandal, daß Gott behüten und bewahren möge!...

Begreifst Du? Soviel Kosten, Zeit und Mühe. Und dazu die Schande! Die ganze Stadt ist zusammengelaufen, um die Schadchonim anzuschauen, welche das Kunststück fertiggebracht haben, zwei Mädchen zur Beschau zu bringen. Der Uscher aber ist schnell auf und davon (in die Hölle möge er geraten) und hat mich allein zurückgelassen; so konnte ich der Wirtin das Nachtmahl für acht Personen bezahlen. Zum Glück konnte ich mich noch losmachen, ehe noch die Sippen mit den zwei

Bräuten nach Schmerinka gekommen sind. Was zwischen ihnen sich begeben hat – das weiß ich nicht. Ich kann mir aber das Gespött vorstellen! Also – bin ich ein Prophet, kann ich wissen, daß der Schadchen Uscher – ausgelöscht werde sein Name! – ein Luftikus und Windbeutel ist, der Teufel hole ihn, der redet und rennt, fährt und fliegt, depeschiert und telegraphiert – und was kommt heraus? Zwei Mädchen!... Ein für allemal, meine teure Gattin, es geht nicht zusammen und wenn Du ins Feuer springst! Da ich jedoch von dieser Heiratsvermittlung sehr mitgenommen bin, fasse ich mich kurz. So Gott will, werde ich Dir im nächsten Brief alles genau berichten. Jetzt gebe Gott nur Gesundheit und Glück. Grüß die Kinder (sie sollen leben), nach denen mir schrecklich bange ist, und Schwiegervater und Schwiegermutter jeden extra sehr herzlich von

Deinem Gemahl Menachem Mendel

Richtig: das Wichtigste! Gott sendet stets die Arznei zugleich mit der Krankheit. Wie ich von Schmerinka weggefahren bin, habe ich geglaubt, daß der Himmel über mir eingestürzt ist. Hätte ich nur genug Geld für die Reise gehabt, so hätte ich mich – es gehe wie es gehe – nach Hause durchgeschlagen, nach Kasriliwke natürlich. Ich habe aber ausgerechnet, daß ich irgendwo mitten auf dem Weg werde steckenbleiben müssen, selbst wenn ich mich – ich will meinen Mund nicht zum Bösen auftun – bis aufs Hemd ausziehe! Doch es gibt einen Gott auf dieser Welt und ich lerne im Zug irgendein Ungetüm kennen, einen Agenten, einen Inspektor, der Menschen gegen den Tod versichert; der beginnt in mich hineinzureden und verspricht mir goldene Berge, wenn ich auch Agent werde. Was das ein Agent ist und wie man Menschen gegen den Tod versichert – darüber wäre viel zu schreiben; doch ich habe schon ohnedies übermäßig viel geschrieben, daher lasse ich es fürs nächste Mal.

Der Obige

VII. MENACHEM MENDEL, AGENT

Menachem Mendel von der Reise an seine Frau Scheine-Scheindel in Kasriliwke

Der teuren, edlen, tugendhaften und klugen Ehefrau Scheine-Scheindel meinen Gruß!

Zum ersten sei Dir kundgetan, daß ich – Dank Seinem lieben Namen! – gesund bin und mein Leben das des Friedens; der Herr, gelobt sei Er, möge helfen, daß eines vom anderen nur Gutes höre in guter Botschaft zu Trost und Heil – Amen.

Zum zweiten wisse: Meine teure Gattin, ich habe verschwinden müssen, durchgehen nämlich. Mit Müh und Not bin ich einem Unglück entronnen, einem großen Unglück; ich muß Gojmel bentschen. Es hat nicht viel gefehlt und ich wäre der Gerechtigkeit verfallen, und Gott weiß, was ich da ausgefaßt hätte: vom Gefängnis schon nicht zu reden, hätte ich vielleicht gar ein paar Jahre Sibirien gekriegt – und doch bin ich an allem, was geschehen ist, so schuldig wie Du; wie sagt doch Deine Mutter: ›Unglück auf Unglück in Haus und Hof...‹ Jetzt, da der Herr der Welt mir geholfen hat und ich mich rechtzeitig vor dem Feuer in Sicherheit gebracht habe, – jetzt erst kann ich mich hinsetzen und Dir alles genau berichten, von Anfang bis zu Ende.

Meines letzten Briefes erinnerst Du Dich wohl noch und weißt, in welchem Zustand ich war nach dem schönen Versuch, zwei Mädchen miteinander zu verheiraten (nicht einmal mehr denken will ich daran). Ich habe gemeint: jetzt ist alles aus, Menachem Mendel ist fertig. Da muß ich gerade damals einem Menschen in die Hände fallen, einem Agenten, Inspektor des ›Equitable‹, der Menschen vor dem Tode versichert und davon ein fettes Einkommen hat. Er hat ein Bündel herausgezogen und mir gezeigt, wie viele Leute er schon vor dem Tod versichert hat und wie viele ihm schon gestorben sind. Das Geschäft ist nämlich so angelegt, gerade umgekehrt wie sonst: je mehr die Leute sterben, desto besser, sowohl für die Toten wie für die Lebenden. Du fragst natürlich: Was für einen Sinn hat das? Der Sinn ist sehr einfach einzusehen. Nehmen wir an: Der ›Equitable‹ ist so freundlich gewesen, mich vor dem Tod zu versichern auf zehntausend Rubel, so muß ich dafür alles in allem zwei-, dreihundert Rubel jährlich zahlen bis zum Tode. Und wenn ich – Gott behüte – schon im ersten Jahr sterbe, hast Du Dein Glück gemacht: zehntausend Rubel sind Geld! Wie aber, wenn ich leben bleibe? So hat der ›Equitable‹ sein Glück gemacht. Dort sind unzählig viele Leute angestellt, Agenten, die meisten Juden, welche auch Frau und Kinder haben und auch leben müssen. Was kümmert das mich? Der Fehler an der Sache ist nur, daß nicht jeder so ohne weiteres Agent sein kann. Ein Agent muß vor allem andern fein angezogen herumgehen, und zwar, was wirklich fein heißt: ein ordentlicher Anzug, Kragen und Manschetten – sie können aus Papier sein, aber weiß müssen sie sein – ein schöner Schlips, ein Hut, das ist selbstverständlich; die Hauptsache aber ist – reden. Ein Agent muß reden können. Das heißt: er muß reden, zureden, einreden, ausreden, überreden, niederreden; so lange reden, bis der andre sich vor dem Tod versichern muß –, darum geht es eben. Kurz und gut, meine Reisebekanntschaft, der Agent und Inspektor, hat mirs angesehen, daß ich sicher ein guter Agent sein muß, ein ausgezeichneter ›Inquisiteur‹.

Jetzt, meine teure Gattin, muß man Dich doch aufklären, daß Du den Unterschied zwischen einem Inspektor und einem Inquisiteur verstehst. Ein Inquisiteur wird ein gewöhnlicher Agent genannt, welcher die Leute vor dem Tode versichert, Inspektor aber heißt schon ein älterer Agent, welcher Leute zu Agenten macht. Außerdem gibt es noch einen ›Oberinspektor‹, welcher die Inspektoren ernennt. Und über alle diese Agenten, die Inquisiteure, Inspektoren und Oberinspektoren ist noch einer gesetzt, der über ihnen allen steht; ihn nennt man ›Generalinspektor‹. Ein höherer als der ist auf der ganzen Welt nicht vorhanden. Natürlich, um General zu werden, muß man vorher Inquisiteur gewesen sein, dann Inspektor und dann Oberinspektor und so weiter. Und wenn Gott hilft und man für seine Verdienste General wird – dann ist man fürs ganze Leben versorgt. Es gibt, wie mein Mann mir erzählt hat, Generale, welche nicht weniger als dreißigtausend Rubel im Jahr zu verzehren haben. Kurz und gut, – er hat mir zugeredet, Agent zu werden. Ich habe überlegt: Was habe ich da zu riskieren? Mein Gott, – wenn es gehen wird, wird es gehen. Geht es nicht – habe ich nichts verloren. Ich lege ja nicht Butter auf Lager, wie mein Inspektor sagt. Im Gegenteil – ich bekomme noch – sagt er – einen Vorschuß, das heißt: man gibt mir als Angeld für meine Arbeit einige Rubel, damit ich Reisegeld habe, mich einkleiden und mir ein Portefeuille kaufen kann. So wie die Sache aussieht, ist sie wirklich nicht ohne! So habe ich mich überreden lassen und bin, zu Glück und Segen, ein Agent geworden.

Doch die Sache geht nicht so schnell, wie sie erzählt wird. Um Agent zu werden, muß man den General besuchen. Denn solange der General nicht unterschrieben hat, – ist man nichts. Also hat er mich zusammengepackt, der Inspektor nämlich, und hat mich auf seine eigenen Kosten nach Odessa gebracht zum General im ›Equitable‹, der über einige zwanzig Gouvernements zu befehlen und, wie man sagt, fast achtzehnhundert Agenten unter sich hat. Dir die Großmächtigkeit dieses Generals zu beschreiben, das geht nicht. Das heißt, eigentlich ist er selbst gar nicht so mächtig groß, nur das Getue ist großmächtig; große Augen hat er, scharfe, und ein helles Gesicht und rote Wangen und er heißt: Jewserel. Das Kontor des Generals ist eine ganze Wohnung, Zimmer auf Zimmer und wieder Zimmer. Eine Unmenge Tische mit Bänken, Büchern und Papieren. Agenten gehen ein und aus, es summt und surrt, Depeschen fliegen hin und her – ein unaufhörliches Treiben! Ehe man zum General selber kommt, muß man durch die sieben Kreise der Hölle. Ich war halbtot, wie man mich vor diesen Jewserel geführt hat; aber er war sehr freundlich, hat mich gebeten, Platz zu nehmen, mir eine Zigarette verehrt und mich ausgefragt, wer ich bin und was ich bin und was ich für ein Geschäft habe. Da habe ich mich ordentlich ins Zeug gelegt und ihm alles haargenau erzählt, von Anfang bis zu Ende: wie ich nach Kischinew gefahren bin und nach Odessa geraten, dort mit ›London‹ Handel getrieben habe, von dort nach Jehupez gekommen, auf der Börse ein- und ausgegangen bin, ›Putilow‹, ›Liliput‹ und andere ›Papiere‹ gekauft und verkauft habe bis in die Millionen; wie ich dann (nicht einmal denken will ich dran) ein Makler geworden bin mit Zucker und mit Geld, mit Häusern und mit Gütern, mit Wäldern und mit Raffinerien; und wie ich nachher Schadchen geworden bin, sogar Schriftsteller auch, mich gedreht und gewunden, gemüht und geschunden und mit der ganzen Welt herumgeschlagen habe; und das Ende war immer, sage ich zu ihm, Unglück auf Unglück in Haus und Hof... Er hat mich bis zu Ende angehört, dann ist er, der General, Jewserel nämlich, aufgestanden, legt mir die Hand auf die Schulter und spricht zu mir folgendermaßen: »Wissen Sie, was ich Ihnen sagen werde, Herr von Menachem Mendel? Sie gefallen mir. Einen schönen Namen haben Sie und reden können Sie unberufen auch. Ich prophezeie Ihnen: Sie werden bald ein großer Agent sein, wahrhaftig ein großer Agent! Indessen bekommen Sie einen Vorschuß. Fahren Sie in die große Welt, das heißt in die jüdischen Städte und Flecken, dort kennt man Sie wie einen schlechten Groschen. Also: Glück auf...«

Sofort wie ich von den Leuten die paar Rubel bekommen habe, habe ich mir geradezu Königsgewänder angeschafft. Wenn Du mich darin sähest, Du würdest mich nicht erkennen. Auch ein Portefeuille habe ich mir gekauft, riesengroß; in das haben sie mir einen Zentner Bücher und Papiere hineingestopft und ich bin hinaus in Gottes große Welt. Vor allem nach Bessarabien, dem Glücksland für gute Geschäfte! Dort kann man – so sagen sie – das richtige Geschäft machen, versichern und versichern. Nun trifft es sich gerade, daß ich Jahrzeit habe. Also gerate ich zwischen zwei Zügen in ein kleines Städtchen, irgendein verfluchtes Nest. Ich habe nicht gewußt, daß dieser Flecken in der ganzen Welt berühmt ist wegen seiner Frechlinge, Gauner, Denunzianten und Bauernfänger. Wäre es doch in Flammen aufgegangen, ehe ich es gesehen habe! Doch da einmal das Unglück mir beschert ist – muß ich gerade dort, in dem Städtchen, Jahrzeit halten und gerate dabei in den Dreck hinein; der Herr bewahre und behüte davor! Und mein Herz hat mir gesagt, daß ich mir da nichts Gutes holen werde! Doch wenn man das Totengebet sagen muß, gibt es da viel zu überlegen? Ich gehe sofort ins Beth-Hamidrasch und komme gerade zum Nachmittagsgebet. Wie es zu Ende ist, kommt der Schameß auf mich zu und fragt: »Jahrzeit?« Ich sage: »Jahrzeit.« Er fragt mich: »Woher ist der Herr?« Ich sage: »Aus der weiten Welt.« – »Wie ist Euer Name?« Ich sage: »Menachem Mendel.« – »Da gebührt Euch ein Scholem-Alejchem!« Er schüttelt mir die Hand mit herzlichem Scholem-Alejchem und nach ihm die ganze Gemeinde. Alle begrüßen mich, es bildet sich ein Kreis um mich und man beginnt aus mir herauszuholen, wer ich bin und woher ich bin, wohin ich gehe und was ich treibe. Ich sage ihnen: »Ich bin Agent.« Sie fragen: »Was für ein Agent? Maschinen?« Ich sage: »Das gerade nicht. Ich bin Agent, Inquisiteur des ›Equitable‹«. Sie sagen: »Was ist das für ein Gerät?« Ich sage: »Ich versorge die Leute nach dem Tod.« Und ich kläre sie auf, wie und wozu man Leute vor dem Tod versichert. Sie stehen um mich herum mit offenen Mäulern, als hätte ich ihnen erzählt: im Himmel ist heut Jahrmarkt. Zwei unter ihnen sind mir aufgefallen: der eine lang und hager, nach vorn gebogen, die Nase auch gebogen und glänzend; er hat die Gewohnheit, beim Sprechen an jedem einzelnen Haar seines Bartes zu zupfen; der andere – klein, dick, schwarz wie ein Zigeuner; ein Auge blickt immer listig seitwärts; er mag noch so ernsthaft reden, es sieht immer aus, als lachte er. Diese zwei Leute haben anscheinend doch verstanden, was das heißt, Menschen vor dem Tod versichern; denn sie haben einander sonderbar mit den Augen zugeblinzelt und einer hat dem andern zugenäselt: »Da läßt sich was machen…« Ich habe bald erkannt, daß diese zwei Leute ganz anders sind als die übrigen; sie verstehen etwas vom Geschäft und mit ihnen läßt sich wirklich was machen. Und richtig – wie ich aus dem Beth-Hamidrasch komme, gehen mir die zwei Leute nach und halten mich an: »Warum lauft Ihr so, Reb Menachem Mendel? Bleibt doch einen Augenblick stehen, wir möchten Euch etwas fragen: Wollt Ihr ausgerechnet bei uns hier in dem Drecknest ein Geschäft machen?« Ich sage: »Warum nicht?« Da sagt zu mir der Lange mit der gebogenen Nase: »Bei unseren Brüdern aus Israels Stamme?« Und der mit dem Auge sekundiert ihm: »Mit Juden ist gut Kigel essen!« Ich sage: »Was läßt sich da tun?« Da sagt der Lange: »Geschäfte machen soll man nur mit dem Gutsherrn.« – »Lang leben mögen die Gojim!« – sekundiert ihm der mit dem Auge. So gehen wir und reden, und wenn man redet, kommt immer etwas zustande. Es stellt sich heraus, daß die zwei Leute einen Gutsherrn ihr eigen nennen, einen reichen Moldawier, an dem sie oft schöne paar Rubel verdienen. Sie glauben, daß man den sehr leicht versichern könnte… Ich sage: »Schön. Warum nicht? Mit dem größten Vergnügen! Einverstanden,« sage ich, »gehen wir die Sache an und machen wir sie auf Halbpart. Ich bin«, sage ich, »kein Feind eines guten Geschäftes...« Und es ist dabei geblieben, daß sie mir am nächsten Tag, so Gott will, im Beth-Hamidrasch zum ersten Minjan Antwort von ihrem Gutsherrn, dem Moldawier, bringen werden. Nur um eines haben sie mich gebeten – daß die Sache tiefes Geheimnis bleibe; das heißt, ich möge nicht im Gasthof erzählen, daß ich mit ihnen Bekanntschaft geschlossen und ein gemeinsames Geschäft verabredet habe.

Im Lichte des Morgens – das heißt: wie es Tag wurde, bin ich mit Windeseile ins Beth-Hamidrasch, um mit dem ersten Minjan das Morgengebet zu verrichten. Das Gebet war zu Ende – die Herren sind nicht da. Ich habe mit dem zweiten Minjan gebetet – meine Leute sind nicht da. Warum habe ich Trottel sie nicht gefragt, wie sie heißen und wo sie wohnen? Auf den Schameß zugehen und fragen – davor hatte ich Angst: ich habe ihnen doch das Wort gegeben, die Sache geheim zu halten! Das Morgengebet war fast vorüber, da sind sie mit Tallis und Tefilin angerückt. Wie ich sie gesehen habe, da hat mein Herz einen Hopser gemacht vor Freude. Doch auf sie zuzugehen und zu fragen, wie die Sache steht, hatte ich nicht das Herz. Das wäre nicht anständig. Sie sagen ihr Gebet hui-pfui herunter, packen schnell Tallis und Tefilin ein und traben davon. Ich ihnen nach: »Nun?« – Sie raunen mir zu: »Jude, Mensch, redet nicht mitten auf der Straße, Ihr kennt unsere Stadt nicht, brennen möge sie! Geht uns hinten nach und kommt in unsere Wohnung. Dort schließen wir das Geschäft ab und können dabei einen kleinen Imbiß nehmen.« – So flüstert mir der mit der gebogenen Nase zu, gibt dem mit dem Auge einen Wink und der mit dem Auge verschwindet. Wir gehen zu zweit durch enge, finstere Gassen, er voran und ich ihm nach. Endlich, endlich hat Gott geholfen und wir sind in Frieden angekommen.

Wir sind in ein finsteres, rauchiges Zimmer gekommen, wo eine Menge Fliegen an den Wänden und an dem Rahmen eines handgemalten Ostzeichens klebten. Auch das rote Tischtuch auf dem Tisch war voll von ihnen und die Lampe, um die halbverkohlte Papierblumen hingen. Beim Herd haben wir eine kleine, schmierige Frau mit blassem, furchtsamem Gesicht angetroffen. Das kleine Weibsbild hat aus ihrem furchtsamen Gesicht ängstlich auf den Mann geschaut und der Mann hat im Vorbeigehen hingeworfen: »Essen!« Im nächsten Augenblick war ein weißes Tischtuch da, eine Semmel, Schnaps und ein Imbiß. Nicht lange nachher ist der mit dem Auge hereingekommen; nach ihm hat sich ein Wesen hereingewälzt, das zwei Zentner wiegen mochte, mit großer blauer Nase, fetten, behaarten Händen und mit zwei sonderbaren Füßen, die unten ordentlich dick waren, aber nach der Höhe dünner und dünner wurden; es muß ihnen bei dieser Bauart schwergefallen sein, einen so großen, schweren Leib zu tragen.

Dieses Wesen war der Gutsherr, der Moldawier. Wie er die Schnapsflasche auf dem Tisch gesehen hat, hat er aus seinem fetten Bauch eine fette Stimme heraufgeholt in gojischer Sprache: »Oce dobre djelo!«[1] Jeder hat ein Gläschen Schnaps genommen (der Gutsherr zwei) und dann haben meine zwei Leute mit ihm ein Gespräch über

1 Das ist recht.

Weizen und Korn angefangen. Dabei sagt mir der mit dem Auge ins Ohr: »Seiner Wohlgeboren ist gut gebettet! Hat vielleicht tausend Morgen Brotgetreide, außer Hafer... Stoß Euch nicht daran, daß er so schlecht gekleidet geht; er ist nämlich ein Geizhals.« Und der Lange gibt ihm fortwährend Ratschläge; er möge das Brotgetreide nicht verkaufen, weil Weizen teuer sein wird; am besten, es für den Winter auf Lager zu legen. »Oce dobre djelo!« sagt auf alles der Gutsherr, der Moldawier, gießt ein Glas nach dem andern hinunter und ißt mit einem Appetit wie nach einem Fasttag, bläst die Backen auf und schnauft. Nach dem Essen wendet sich der Lange zu mir: »Jetzt könnt Ihr mit seiner Wohlgeboren über Euer Anliegen sprechen.« Ich habe mich mit Seiner Wohlgeboren abseits in eine Ecke gesetzt und ihm einen Vortrag hingelegt – ich weiß bis heute nicht, woher ich das Zeug dazu genommen habe! Ich habe ihm auseinandergesetzt, wie notwendig es für jeden Menschen ist, sich zu versichern und wäre er so reich wie Rothschild; im Gegenteil; je reicher einer ist, sage ich, desto notwendiger ist es, daß er sich versichert; denn wenn ein reicher Mann, sage ich, in späteren Jahren sein Geld los wird, dann ist es für ihn viel schlimmer als für einen armen Schlucker; ein Bettelsack, sage ich, ist an seine Armut schon gewöhnt; wenn aber ein Reicher, sage ich, Gott behüte, ohne Geld bleibt, dann ist es ärger, als wenn er gestorben wäre – »jak napisano u nas«,[1] sage ich zu ihm, »Armut ist schlimmer als der Tod. A potomu«,[2] sage

1 Wie es bei uns geschrieben steht.
2 Und deshalb.

ich, »wasche blahorodje«,[1] sage ich, »zaversichrojti subi«,[2] sage ich, »ot smert tschres sto dwadcat ljet«,[3] sage ich, »na desjat tisjatschi«,[4] – »Oce dobre djelo«, antwortet mir Seiner Wohlgeboren und bläst die Lippen wie ein Blasebalg. Ich fühle, daß meine Glut der Rede sich noch mehr in der Seele entfacht und will weiterreden; da ruft mir der Lange zu: »Genug gedibert; nehmt Euer Büchel und schreibet, was nötig ist!« Der mit dem Auge reicht mir Feder und Tinte und ich tue das Meine. Wie es zum Unterschreiben kommt, schwitzt der arme Gutsherr, der Moldawier, gottsjämmerlich, bis er seine Unterschrift fertig kriegt. Nachher gehe ich mit ihm zum Doktor zur Untersuchung, nehme Anzahlung, gebe darüber eine Quittung und – das Geschäft ist gemacht.

Am Abend komme ich froh und guter Dinge in den Gasthof und lasse mir ein gutes Nachtmahl geben; da beginnt der Wirt: »Was gibt es Neues?« – »Was soll es Neues geben?« sage ich. »Kann man Euch«, sagt er, »gratulieren?« – »Wozu gratulieren?«, frage ich ihn. »Zu dem Geschäftchen«, sagt er, »das Ihr zusammengebracht habt.« – »Was für ein Geschäftchen?« frage ich und stelle mich dumm. »Mit dem Gutsherrn«, sagt er. »Mit welchem Gutsherrn? Woher wißt Ihr,« sage ich, »daß ich ein Geschäft mit einem Gutsherrn gemacht habe?« – »Das ist«, sagt er, »so ein Gutsherr wie ich eine

1 Euer Edlen.

2 Versichern Sie sich (das erste Wort ist natürlich Menachem Mendels ›Russisch‹).

3 Vor dem Tod, bis hundertzwanzig Jahre.

4 Auf zehntausend.

Rebbezen bin.« – »Was ist er denn?« – »Er ist ein Hochstapler«, antwortet der Wirt und lacht mir ins Gesicht. Ich setze mich zum Wirt hin und fange an ihn zu bitten und zu flehen, er möge mir um Gottes willen sagen, was ein ›Hochstapler‹ ist und woher er weiß, wo ich gewesen bin und was ich gemacht habe. Kurz und gut, er hat offenbar aus meinen Reden gesehen, daß mein Seelenheil an der Sache hängt; so hat er sich meiner erbarmt, sich mit mir ganz allein in ein Zimmer gesperrt und hat dann angefangen, mir von meinen beiden Kompagnons Geschichten zu erzählen, daß mir die Haare zu Berge gestanden sind. Es stellte sich heraus, daß die zwei ganz gewöhnliche Schwindler sind, Betrüger, sagt er, wie sie die Welt noch nicht erlebt hat. »Sie haben«, sagt er, »in ihrem Leben schon solche Stückchen aufgeführt, daß sie eine weite Reise antreten müßten,« sagt er, »wenn man sie erwischt. Sie haben aber ein Sauglück,« sagt er, »daß sie es immer verstehen, einen Dritten vorzuschieben«, sagt er, »und selber stets hübsch draußen bleiben. Der Gutsherr,« sagt er, »den Sie Euch als schwerreichen Moldawier vorgestellt haben, ist ein ganz gewöhnlicher Bauernknecht,« sagt er, »ein Säufer, auf den das Wort des Gebetes paßt: großmächtig und ehrfurchtgebietend und der,« sagt er, »den Ihr versichert habt, der steht entweder vor dem Bankrott oder er lebt schon lang in der Welt der Wahrheit. Versteht Ihr nun,« sagt er, »daß die Sache stinkt?«

Wie ich das höre, wird mir schwarz vor den Augen. Mehr fehlt mir nicht zu meinen schönen Kleidern als auch nur für eine Minute ins Gefängnis zu geraten! Ich habe auch nicht viel Geschichten gemacht, sondern bin, so schnell mich meine Füße trugen, zum Bahnhof. Nur fort! Meine zwei Leute habe ich nicht mehr wiedersehen wollen und sie laufen lassen samt ihrem Moldawier, samt der feinen Stadt, samt ganz Bessarabien und samt dem ganzen Geschäft, Leute vor dem Tod zu versichern, durch das man sich ins Unglück stürzen kann. Gott kann besseres Brot geben; ich wünschte, ich wäre in Frieden an meinem Bestimmungsort. Da ich jedoch eine weite Reise vorhabe, fasse ich mich kurz. So Gott will, werde ich Dir von Hamburg aus alles genau berichten; jetzt gebe Gott Gesundheit und Glück. Grüß die Kinder, sie sollen leben. Der Herr möge helfen, daß sie gesund und stark werden und daß man einander freudigen Herzens wiedersieht. Grüß Schwiegervater und Schwiegermutter, jeden extra herzlich von

Deinem Gemahl Menachem Mendel

Richtig: das Wichtigste! Ich habe ganz vergessen, Dir zu schreiben, wohin ich fahre. Teure Gattin, ich fahre nach Amerika. Nicht allein – eine ganze Kumpanei fährt zusammen. Eigentlich fahren wir nach Hamburg und von dort geht es nach Amerika. Warum gerade nach Amerika? Weil in Amerika, so sagt man, Juden ihr Glück machen. Gold liegt dort, so sagt man, auf der Straße. Das Geld rechnet man dort nach Dollars und die Leute werden dabei dick und fett, rund wie ihr Geld! Und gar die Juden, da ist nichts zu reden, die sind der Rahm auf der Milch! Alle prophezeien mir, daß ich in Amerika, so Gott will, gut fahren werde, was man wirklich gut nennt. Die ganze Welt fährt jetzt nach Amerika, weil man hier schon gar nichts mehr anfangen kann, rein gar nichts. Alle Geschäfte haben aufgehört. Und wenn die ganze Welt nach Amerika fährt, warum soll ich nicht auch fahren? Was riskiere ich dabei? Darum sollst Du Dir gar keinen Kummer machen, teure Gattin, und von mir, Gott behüte, nichts Schlechtes denken. Du kannst es mir aufs Wort glauben: ich werde Dich, Gott bewahre, nicht vergessen, Dich nicht, auch nicht unsere Kinder, sie sollen leben und gesund sein. Ich will Tag und Nacht arbeiten, nichts soll mir zu schwer sein. Und wenn der Herr mir hilft und ich habe, so Gott will, Glück, und Glück haben werde ich sicher, das ist so gewiß, wie jetzt auf der ganzen Welt Tag ist, dann schicke ich Dir Schiffskarten für Dich und für die Kinder, nehme Dich hinüber und Du sollst bei mir ein Leben führen wie die mächtigste Prinzessin, sollst vom Schönsten und vom Besten haben und kein Stäubchen soll auf Dich fallen. Es ist auch wirklich schon an der Zeit, daß Du auch etwas von der Welt weißt! Drum keine Sorge, keine Kümmernis – wir haben einen starken Gott!

Der Obige

VERZEICHNIS DER JIDDISCHEN WÖRTER UND BEGRIFFE

Alef: der erste Buchstabe des hebräischen Alphabets
Bejß: der zweite Buchstabe des hebräischen Alphabets
Belfer: eig. ›Behelfer‹, Gehilfe des Lehrers
Beth-Hamidrasch: Lehr- und Bethaus
Borchi nafschi: ›Preise, meine Seele‹, Beginn des 104. Psalms
Chasen: Vorbeter, Kantor
Chassidim: Mz. von *Choßid* (s. u.)
Cheder: Kleinkinderschule
Choßid: Anhänger des Chassidismus, der mystischen Richtung im Judentum
Dajanim: Mz. von *Dajan:* Beisitzer des jüdischen Gerichts
Gojim: Mz. von *Goj:* Nichtjude, Christ
Gojmel bentschen: das Gebet nach Errettung aus Todesgefahr sprechen
Jehupez: jüdische Bezeichnung für Kiew
Kupec: slaw. ›Kaufmann‹
Litwak: litauischer Jude
Masel-tow: ›Gut Glück!‹, Glückwunschformel bei allen Gelegenheiten
Melamed: Kleinkinderlehrer
Minchagebet: Nachmittagsgebet
Minjan: der aus mindestens zehn Männern bestehende Betzirkel
Mismor schir lejom haschaboß: 92. Psalm, der eigentliche Sabbatpsalm
Nechome: Trost
Peßach: Passah, Osterfest
Purim: jüdischer Karneval
Rabbinen: Mz. von Rabbiner
Rebbezen: Frau des Rabbiners
Rosch-chojdesch: Monatsanfang, Neumond
Rosch-haschonoh: das jüd. Neujahrsfest am 1. und 2. Tischri (September/Oktober)
Row: Rabbiner
Sabbat (Schabbes): der siebente Wochentag, für den strenges Ruhegebot besteht. Fällt auf unseren Samstag
Schadchen: Heiratsvermittler
Schadchonim: Mz. von *Schadchen*
Schameß: Bethausdiener
Schamoßim: Mz. von *Schameß*
Sch'ma Jisroel: ›Höre, Israel!‹, das heiligste jüdische Gebet
Scholem-Alejchem: ›Friede Euch!‹, der gewöhnliche Gruß
Schul': Bethaus, Synagoge
Strajmel: Pelzmütze, die an Sabbaten und Festtagen getragen wird
Sukoth: Laubhüttenfest, jüd. Erntedankfest, dauert acht Tage (im Oktober)
Talesim: Mz. von *Tallis*
Tallis: Gebetmantel
Tefilin: Gebetriemen
Thamuz: ein Sommermonat, etwa Juni/Juli
Thora: der Pentateuch, die fünf Bücher Mosis; auch die Perga-

mentrolle, auf die diese geschrieben sind

Zaddik: Rabbi der Chassidim, Wunderrabbi

zaddikisch: von *Zaddik*

Zinisten: für *Zionisten:* die Anhänger der eine Rückkehr nach Palästina anstrebenden jüdischen politischen Bewegung

INHALT

Zu dieser Ausgabe

insel taschenbuch 1298
Scholem-Alejchem
Menachem Mendel, der Spekulant

Aus dem Jiddischen übertragen von Siegfried Schmitz, folgt der einmaligen Sonderausgabe im Insel Verlag Frankfurt am Main 1962.
Umschlagabbildung: A. L. Kaplan, Die Straße der Schneider. Aus: Das zeichnerische Werk 1928-1977, Insel-Verlag, Leipzig.

155/1/6.89

Literatur der Moderne
im insel taschenbuch

Marie Hesse: Ein Lebensbild in Briefen und Tagebüchern. it 261
Monica Huchel: Fürst Myschkin und die anderen. Ein Katzen-Brevier. it 808
Henrik Ibsen: Ein Puppenheim. it 323
Jens Peter Jacobsen: Frau Marie Grubbe. Interieurs aus dem 17. Jahrhundert. it 841
– Niels Lyhne. it 44
– Die Pest in Bergamo und andere Novellen. it 265
Marie Luise Kaschnitz: Beschreibung eines Dorfes. Fotografien von Michael Grünwald. it 665
– Eisbären. Ausgewählte Erzählungen. it 4
Harry Graf Kessler: Tagebücher 1918-1937. it 659
Dieter Kühn: Bettinas letzte Liebschaften. it 894
– Flaschenpost für Goethe. it 854
Ferdinand Kürnberger: Der Amerikamüde. Amerikanisches Kulturbild. it 942
Lesebuch der Jahrhundertwende. Prosa aus den Jahren 1889 bis 1908. it 997
Malwida von Meysenbug: Memoiren einer Idealistin. it 824
Christian Morgenstern: Alle Galgenlieder. it 6
– Palmström. it 314
Marcel Proust / Eugène Atget: Ein Bild von Paris. Texte und Photographien. it 669
Rainer Maria Rilke: Sämtliche Werke. 6 Bände in Kassette. it 1101-1106
– Band I: Gedichte. Erster Teil. it 1101
– Band II: Gedichte. Zweiter Teil. it 1102
– Band III: Jugendgedichte. it 1103
– Band IV: Frühe Erzählungen und Dramen. it 1104
– Band V: Kritische Schriften. Worpswede. Auguste Rodin. it 1105
– Band VI: Malte Laurids Brigge. Kleine Schriften. it 1106
– Am Leben hin. Novellen und Skizzen 1898. Mit Anmerkungen und einer Zeittafel. it 863
– Die Aufzeichnungen des Malte Laurids Brigge. it 630
– Auguste Rodin. it 766
– Ausgesetzt auf den Bergen des Herzens. Gedichte aus den Jahren 1906 bis 1926. it 98
– Briefe. 3 Bde. in Kassette. it 867
– Die Briefe an Gräfin Sizzo. 1921-1926. it 868
– Das Buch der Bilder. Des ersten Buches erster Teil. Des ersten Buches zweiter Teil. Des zweiten Buches erster Teil. Des zweiten Buches zweiter Teil. it 26

155/2/6.89

Literatur der Moderne
im insel taschenbuch

Rainer Maria Rilke: Die drei Liebenden. Die Liebe der Magdalena. Portugiesische Briefe. Die Briefe der Marianna Alcoforado. Die vierundzwanzig Sonette der Louïze Labé. it 355
– Duineser Elegien. Die Sonette an Orpheus. it 80
– Erste Gedichte. Larenopfer. Traumgekrönt. Advent. it 1090
– Ewald Tragy. it 1142
– Frühe Gedichte. it 878
– Gedichte. Aus den Jahren 1902 bis 1917. it 701
– Geschichten vom lieben Gott. it 43
– Die Letzten. Im Gespräch. Der Liebende. it 935
– Neue Gedichte. Der Neuen Gedichte anderer Teil. it 49
Rilkes Landschaft. In Bildern von Regina Richter zu Gedichten von Rainer-Maria Rilke. it 588
– Späte Gedichte. it 1178
– Das Stunden-Buch, enthaltend die drei Bücher: Vom Mönchischen Leben. Von der Pilgerschaft. Von der Armut und vom Tode. it 2
– Über den jungen Dichter und andere kleine Schriften aus den Jahren 1906 bis 1926 in zeitlicher Folge. it 340
– Wladimir, der Wolkenmaler und andere Erzählungen, Skizzen und Betrachtungen aus den Jahren 1893-1904. it 68
– Worpswede. Fritz Mackensen. Otto Modersohn. Fritz Overbeck. Hans am Ende. Heinrich Vogeler. it 1011
– Zwei Prager Geschichten und ›Ein Prager Künstler‹. it 235
Leopold von Sacher-Masoch: Venus im Pelz. Mit einer Studie über den Masochismus von Gilles Deleuze. it 469
August Strindberg: Ein Puppenheim und andere Erzählungen. it 282
Felix Timmermans: Dämmerungen des Todes. it 297
– Franziskus. Roman. it 753
– Das Jesuskind in Flandern. it 937
– St. Nikolaus in Not. it 2023
Georg Trakl: Die Dichtungen. it 1156
Robert Walser: Fritz Kochers Aufsätze. it 63
– Gedichte. it 761
– Liebesgeschichten. it 263
Frank Wedekind: Ich hab meine Tante geschlachtet. Lautenlieder und »Simplicissimus«-Gedichte. it 655

155/3/6.89

Kulturgeschichte im insel taschenbuch

Jost Amman: Frauentrachtenbuch. it 717

Egon Caesar Conte Corti: Geschichte des Rauchens. »Die trockene Trunkenheit«. Ursprung, Kampf und Triumph des Rauchens. Mit zahlreichen Abbildungen. it 904

Feiern und Feste. Ein Lesebuch. it 738

Christian Garve: Über die Moden. it 989

Detlef Hoffmann: Gemalte Spielkarten. Ihre Geschichte an handgemalten Beispielen von Detlef Hoffmann. it 912

Christoph Wilhelm Hufeland: Makrobiotik oder die Kunst, das menschliche Leben zu verlängern. Mit einem Brief Immanuel Kants an den Autor sowie einem Nachwort von Rolf Brück. it 770

Adolph von Knigge: Über den Umgang mit Menschen. it 273

Das Leben und Sterben der Kindsmörderin Susanna Margaretha Brandt. it 1190

Dagmar Müller-Staats: Klagen über Dienstboten. Eine Untersuchung über Dienstboten und ihre Herrschaften. it 683

George Ordish: Geschichte eines Gartens. Vom 16. Jahrhundert bis zur Gegenwart. it 1143

Ewald Gerhard Seeliger: Handbuch des Schwindels. it 919

Wie ein Mann ein fromm Weib soll machen. Mittelalterliche Lehren über Ehe und Haushalt. it 745

Dietmar Grieser: Wiener Adressen. it 1203

Gabriele Wittkop-Ménardeau: Unsere Kleidung. Aus der Geschichte der Moden bis zum Jahr 1939. it 774

166/1/6.89